Chères lectrices,

A mes yeux, l'été est la saison qui symbolise le mieux notre désir de voyage et d'évasion : les vacances sont enfin là, et, que nous partions en tête à tête à l'autre bout du globe ou en pleine campagne avec la famille au grand complet, toutes les destinations sont bonnes pour oublier le quotidien !

D'ailleurs, en parlant d'envie de voyage, le programme Azur de ce mois-ci vous réserve une excellente surprise : le premier volet de « Passions australiennes », une minisérie en trois volumes signée d'Emma Darcy. Au fil de cette saga qui se déroule dans le décor extraordinaire de l'Outback, vous ferez la connaissance de Nick, Tommy et Jared King, trois frères aux caractères hors du commun, trois forces de la nature qui excellent chacun dans leur domaine — l'un dans l'élevage, l'autre dans le tourisme, le troisième dans la joaillerie — mais qui n'ont toujours pas trouvé la femme de leur vie ! Une situation paradoxale qui, vous vous en doutez, n'est pas vouée à se prolonger…

Je vous invite donc à plonger dans *La maîtresse amoureuse*, le premier roman d'une trilogie qui vous entraînera dans de tumultueuses histoires d'amour tout en vous faisant découvrir la somptuosité des paysages d'Australie.

Très bonne lecture et rendez-vous en septembre !

La responsable de collection

Une demande en mariage inattendue

SARA CRAVEN

Une demande
en mariage inattendue

COLLECTION AZUR

Cet ouvrage a été publié en langue anglaise
sous le titre :
HIS CONVENIENT MARRIAGE

Traduction française de
ÉLISABETH MARZIN

HARLEQUIN®

est une marque déposée du Groupe Harlequin
et Azur ® est une marque déposée d'Harlequin S.A.

© 2002, Sara Craven. © 2003, Traduction française : Harlequin S.A.
83-85, boulevard Vincent-Auriol, 75013 PARIS — Tél. : 01 42 16 63 63
Service Lectrices — Tél. : 01 45 82 47 47
ISBN 2-280-20225-5 — ISSN 0993-4448

1.

— Chessie, tu ne devineras jamais ce que je viens d'apprendre !

— Que fais-tu ici, Jenny ? Tu sais bien que tu n'as pas le droit de venir dans la maison, répliqua Francesca Lloyd à sa sœur cadette sans lever les yeux de son écran d'ordinateur.

— Oh, je t'en prie ! Il fallait absolument que je te voie. De toute façon, le monstre ne rentrera pas de Londres avant plusieurs heures.

— Combien de fois faudra-t-il te dire de ne pas appeler M. Hunter ainsi !

— Pourtant, ça lui va comme un gant. De toute façon, tu n'auras sans doute bientôt plus besoin de travailler pour lui. Tout à l'heure, j'étais à la poste et j'ai entendu Mme Cummings dire à la receveuse qu'elle avait reçu la consigne de rouvrir Wenmore Court. Tu te rends compte ? Alastair est enfin de retour !

Le cœur de Chessie fit un bond dans sa poitrine et ses doigts s'immobilisèrent sur le clavier.

— C'est une bonne nouvelle pour le village, déclara-t-elle d'un ton qu'elle espérait détaché. Le manoir est fermé depuis trop longtemps. Mais pour nous, ça ne change rien.

— Oh, ne sois pas stupide, Chessie ! Ça change tout, au contraire. Après tout, Alastair et toi vous avez été presque fiancés autrefois.

— Voyons, Jenny, ne dis pas de bêtises.

— Vous vous seriez fiancés si son horrible père ne l'avait pas envoyé aux Etats-Unis. Tout le monde sait que vous étiez très amoureux l'un de l'autre.

— Et beaucoup plus jeunes, aussi, fit observer Chessie en recommençant à taper. De toute façon, il y a longtemps que je n'ai plus aucune nouvelle de lui.

Le cœur de Chessie se serra. D'abord hebdomadaires, les lettres d'Alastair s'étaient progressivement espacées et avant même la fin de leur première année de séparation, il avait cessé de lui écrire.

Il lui avait juste envoyé une carte pour lui exprimer ses condoléances après le décès de son père.

— Ce que tu peux être rabat-joie ! maugréa Jenny. Je pensais que tu serais ravie. J'ai couru tout le long du chemin pour t'annoncer la nouvelle.

Chessie s'efforça de prendre un ton conciliant.

— Tu dois éviter de t'emballer, Jenny. Ça fait trois ans qu'Alastair est parti et beaucoup d'eau a coulé sous les ponts depuis.

Elle redressa les épaules.

— A présent, laisse-moi terminer mon travail. Et de toute façon, je ne veux pas que M. Hunter te surprenne ici une fois de plus.

— Oh, très bien !

De mauvaise grâce, Jenny descendit du bureau sur lequel elle s'était perchée.

— Mais ce serait tout de même formidable si Alastair te demandait en mariage, insista-t-elle. Imagine-toi en train d'annoncer au monstre que tu n'as plus besoin de ce travail minable !

— C'est un travail intéressant et bien payé, qui nous permet de continuer à habiter dans notre ancienne maison.

— Oui, dans le pavillon de la bonne. Quel privilège !

Jenny sortit en traînant les pieds et claqua la porte derrière elle.

Chessie soupira. Décidément, l'attitude de Jenny devenait chaque jour plus préoccupante. L'adolescente semblait incapable d'admettre que Silvertrees, leur maison de famille, ne leur appartenait plus.

— Je n'ai pas besoin de beaucoup de personnel, lui avait déclaré Miles Hunter lors de leur premier entretien. Il me suffit que la maison soit tenue correctement. Cependant, si vous acceptez ce poste, je vous demanderai également de faire un peu de secrétariat.

Grand, mince, vêtu avec une élégance désinvolte, il possédait une aisance et une autorité naturelles que ne diminuait en rien une claudication assez prononcée. Une profonde cicatrice barrait sa joue gauche, mais ce qui frappait surtout dans son visage impénétrable, c'était l'éclat de ses yeux saphir.

— J'écris sur une vieille machine à écrire portative, avait-il poursuivi. Mais depuis quelques années, mon éditeur exige que je lui envoie mes manuscrits sur disquette. Je suppose que vous savez vous servir d'un ordinateur ?

Elle avait acquiescé d'un signe de tête.

— Bien. Pour l'entretien de la maison, c'est à vous de décider de l'aide dont vous aurez besoin. Il sera nécessaire d'embaucher une femme de ménage, je suppose. Mais ce qui est primordial pour moi c'est que ma tranquillité soit préservée. Je ne supporte pas d'être dérangé.

Il avait fait une pause.

— Je comprendrais très bien que cela vous pose un problème. Vous vivez à Silvertrees depuis toujours et vous avez l'habitude d'avoir toute la maison à votre disposition. Je crains que ce soit désormais impossible. Vous devrez vous contenter du pavillon.

— Bien sûr, avait-elle acquiescé.

— C'est votre notaire qui m'a suggéré cet arrangement. Il estime qu'il serait avantageux pour chacun de nous. Qu'en pensez-vous, mademoiselle Lloyd ?

— Etant donné que je suis désormais responsable de ma sœur et que je dois subvenir à ses besoins, j'accepte le poste et le logement, monsieur Hunter. Et je vous promets que nous essaierons de ne pas troubler votre tranquillité.

— Essayer ne suffit pas, mademoiselle Lloyd, avait-il déclaré d'un ton péremptoire. Vous devez y parvenir.

Puis il avait pris un dossier et l'avait posé devant lui, signifiant par là que l'entretien était terminé.

A l'époque, accablée par la disparition de son père et confrontée à d'énormes problèmes financiers, elle avait eu le sentiment que c'était sa seule chance de s'en sortir et d'assurer une vie normale à Jenny.

Aujourd'hui, avec le recul, elle n'en était plus aussi sûre. Peut-être aurait-elle dû refuser cette proposition et tirer un trait sur le passé en quittant la région. Mais il aurait fallu trouver une autre école pour Jenny juste avant une année charnière dans sa scolarité, et elle n'avait pu se résoudre à perturber davantage la vie de sa sœur.

D'une certaine manière, elle avait sans doute eu raison. Les résultats de Jenny étaient excellents et, en principe, celle-ci entrerait à l'université dès la prochaine rentrée. Par ailleurs, même si Miles Hunter était un employeur très exigeant, travailler pour lui n'était pas si désagréable.

Non, le problème, c'était l'hostilité que Jenny manifestait à l'égard de ce dernier. Considérant le nouveau propriétaire de Silvertrees comme un intrus, elle prenait un malin plaisir à enfreindre ses consignes et à le provoquer. D'où une situation conflictuelle et le surnom de « monstre » qu'elle lui avait donné.

En proie à une nervosité grandissante, Chessie se leva et se dirigea vers la fenêtre.

Jenny pouvait se montrer si rebelle, par moments… Certes, la disgrâce de leur père, suivie de près par son décès, l'avait profondément affectée. Mais ce n'était pas une excuse. Il était grand temps qu'elle fasse le deuil de l'existence privilégiée qui avait été la sienne jusqu'alors. Malheureusement, Jenny refusait obstinément de voir la réalité en face. Et aujourd'hui, elle voyait dans le retour possible d'Alastair Markham la solution à tous leurs problèmes…

Chessie réprima un soupir. Que ne donnerait-elle pas pour croire elle aussi aux miracles !

Comme du temps où Alastair et elle semblaient promis à un avenir radieux… Quel été merveilleux ils avaient passé ensemble ! A se promener main dans la main, à nager, à jouer au tennis. Et à échanger des serments entre deux baisers fiévreux…

Toutefois, malgré l'insistance d'Alastair, elle avait toujours refusé d'aller plus loin. Peut-être n'était-elle pas encore prête à quitter l'enfance pour devenir une femme ? A moins qu'elle ait tout simplement eu peur qu'Alastair ne soit intéressé que par son corps. Et qu'il se désintéresse d'elle une fois qu'elle lui aurait cédé…

La voix doucereuse de Janet Markham lui revint en mémoire. « Un homme est capable de raconter n'importe quoi pour attirer une jeune fille dans son lit. Méfiez-vous. »

Nul doute que cette mise en garde perfide de la belle-mère d'Alastair n'avait pas été étrangère à ses réticences.

C'était pourtant cette femme qui avait été, bien involontairement, à l'origine de l'idylle entre Chessie et Alastair.

Comme celui de Chessie, le père d'Alastair, Robert Markham, était à l'époque veuf depuis plusieurs années déjà. Dans le village, tout le monde présumait que s'il se remariait un jour ce serait avec Gail Travis, la propriétaire du haras, qu'il accompagnait à tous les événements organisés dans la région.

Jusqu'au soir où, lors d'un bal de charité, il avait rencontré Janet Arthur. Obscure actrice de télévision, elle animait la tombola et il avait aussitôt eu le coup de foudre pour cette femme sophistiquée à l'épaisse chevelure blonde et au corps voluptueux. Le mariage avait été célébré quelques mois plus tard et Janet était venue s'installer à Wenmore Court.

Lors de la garden-party que sir Robert avait donnée pour présenter sa nouvelle épouse à ses voisins, Chessie avait été frappée par le visage défait d'Alastair.

C'était un jeune homme athlétique et plein de charme, de trois ans son aîné, devant lequel elle était en admiration depuis toujours. Quand elle l'avait vu s'éclipser dans l'après-midi, elle l'avait rejoint au bord de la rivière. Assis sous un arbre, il jetait rageusement des cailloux dans l'eau.

— Alastair, je suis vraiment navrée, avait-elle murmuré.

Il avait levé vers elle un regard meurtri.

— Comment mon père a-t-il pu remplacer ma mère par cette pimbêche ? s'était-il écrié. Bon sang, Chessie, je n'arrive pas à y croire !

Combien d'heures avaient-ils passées à la critiquer, ce jour-là ? Son snobisme, ses grands airs, son mépris des autres, tout y était passé. Et par la suite, ils ne l'avaient plus appelée que « la marâtre ».

— Dieu merci, à la rentrée, je pars à l'université, avait déclaré Alastair. Et je n'ai pas l'intention de revenir pour les vacances.

Son départ avait attristé Chessie, mais, désireuse d'occuper un jour un poste important dans la société de son père, elle s'était plongée dans les études.

Ils ne s'étaient revus que trois ans plus tard. Chessie venait de rentrer d'un séjour de un mois en France où elle avait travaillé comme jeune fille au pair, et on lui avait demandé de tenir un stand à la kermesse organisée tous les ans dans les jardins de Wenmore Court. L'un des rares événements locaux auxquels la nouvelle lady Markham consentait à participer…

Ce jour-là, la chaleur était étouffante et Chessie se demandait si elle pourrait trouver un moment pour aller se baigner dans la rivière, quand Alastair s'était arrêté devant son stand.

— Çà, alors, Chessie ! s'était-il exclamé en riant. J'ai bien failli ne pas te reconnaître.

Le cœur battant, elle avait immédiatement songé que de son côté, elle l'aurait reconnu dans n'importe quelle circonstance.

Au cours des semaines suivantes, ils étaient devenus inséparables, passant de longues heures à se raconter leur vie et à discuter de leurs projets respectifs. Chessie venait de terminer son cursus à l'université et devait intégrer le cabinet d'affaires de son père à la City, au mois de septembre. Quant à Alastair, il s'apprêtait à entrer dans la société familiale.

L'été étant splendide, Chessie passait la plupart de son temps à Wenmore Court, où Janet avait convaincu son mari de faire construire une piscine. Jusque-là très distante avec elle, la nouvelle lady Markham n'avait pas pu continuer à l'ignorer alors qu'elles occupaient des transats voisins.

De son côté, Chessie aurait préféré éviter la jeune femme, mais la politesse l'en avait empêchée. A son grand dam, Janet ne cessait de faire allusion à son « amour de vacances » avec Alastair. Ayant très vite compris qu'elle n'avait aucune expérience des hommes, la belle-mère d'Alastair se complaisait à lui prodiguer des conseils empoisonnés.

Cependant, les piques de Janet ne parvenaient pas à gâcher le bonheur de Chessie et l'avenir lui semblait plein de promesses. Mais un jour, cette vie insouciante avait été troublée par un coup de tonnerre.

Alors que rien ne le laissait prévoir, sir Robert avait annoncé à son fils qu'il l'avait inscrit dans une école de commerce aux Etats-Unis. Au début, Alastair avait semblé déterminé à se rebeller, puis il avait fini par céder.

— Ne peux-tu pas essayer de le convaincre ? avait plaidé Chessie.

— C'est impossible, avait-il répliqué, le visage fermé. Tu ne connais pas mon père quand il a pris une décision.

Il était vrai qu'elle connaissait peu sir Robert. Mais la soumission d'Alastair l'avait surprise.

— Je reviendrai, Chessie, avait-il promis. Je ne t'oublierai jamais.

Dire qu'elle l'avait cru... Quelle naïveté ! Si leur histoire n'avait pas été un simple flirt d'adolescents, il l'aurait demandée en mariage avant son départ pour les Etats-Unis. Ou il l'aurait au moins suppliée de l'attendre...

Tout le monde dans le village avait pensé de même et la compassion que les gens lui avaient témoignée après le départ du jeune homme n'avait fait qu'accentuer son chagrin.

Quant au sourire railleur de Janet, il lui avait donné la nausée. C'était à ce moment-là qu'elle avait compris à quel point la belle-mère d'Alistair la détestait.

Depuis, elle s'était souvent demandé si sir Robert, en homme d'affaires clairvoyant, n'avait pas pressenti les ennuis qui menaçaient son père. Et si sa décision d'éloigner Alastair n'avait pas été motivée par le désir de tenir sa famille à l'abri d'un éventuel scandale.

A la même époque, sir Robert avait décidé de se retirer des affaires et vendu sa société à un groupe européen. Quelques semaines après le départ d'Alastair pour les Etats-Unis, Wenmore Court avait été fermé et les Markham étaient partis s'installer en Espagne.

Apparemment, ils seraient bientôt de retour. Alastair reviendrait-il, lui aussi ? Rien n'était moins sûr. Jenny prenait peut-être simplement ses désirs pour des réalités.

Chessie n'avait pas voulu lui demander de détails. Il n'était pas question de se bercer d'illusions une fois de plus. Chat échaudé craint l'eau froide, songea-t-elle avec dérision.

« Ça alors, Chessie ! J'ai bien failli ne pas te reconnaître. » Etait-ce ce qu'Alastair lui dirait quand il la reverrait ? S'ils étaient amenés à se revoir…

Il était certain qu'elle n'avait plus grand-chose de commun avec l'adolescente qu'il avait connue. Avec sa peau hâlée et ses mèches blondes décolorées par le soleil, la Chessie de cet été-là était rayonnante. Ses yeux noisette posaient sur le monde un regard confiant et elle avait le sentiment d'être comblée par la vie.

Mais aujourd'hui, rien n'était plus pareil. Sa joie de vivre l'avait abandonnée depuis longtemps.

Après la crise cardiaque qui avait emporté son père, arrêté pour fraude, le monde s'était écroulé autour d'elle. Désormais tutrice de Jenny, elle avait dû surmonter son propre chagrin pour assumer des responsabilités bien lourdes pour son âge, et faire face aux difficultés financières.

Même si elle n'en avait rien laissé paraître, la vente de la maison avait été un déchirement pour elle aussi. Mais curieusement, travailler pour Miles Hunter l'avait aidée à survivre, et pas seulement d'un point de vue matériel. N'ayant guère le loisir de s'apitoyer sur son sort, elle avait peu à peu retrouvé une certaine sérénité.

Et voilà qu'aujourd'hui ce fragile équilibre était menacé...

Elle était sur le point de se rasseoir devant son ordinateur quand elle entendit un bruit de moteur. C'était la voiture de Miles Hunter qui remontait l'allée avant de s'arrêter devant l'entrée principale de la maison.

Un instant plus tard, appuyé sur sa canne, il montait les marches du perron.

Chessie se mordit la lèvre. Ses propres problèmes étaient mineurs en comparaison de ceux de son employeur, songea-t-elle en se remémorant un incident qui avait eu lieu lors de sa première journée de travail. Le voyant trébucher en se levant de son fauteuil, elle s'était précipitée vers lui.

— Ecartez-vous ! avait-il sèchement lancé. Ne me touchez pas.

— Je suis désolée, avait-elle balbutié, au comble de l'embarras. Je voulais juste vous aider...

— Si un jour j'ai besoin d'aide, je vous le ferai savoir, avait-il coupé. Et épargnez-moi votre compassion.

Tétanisée par sa hargne, elle avait été à deux doigts de démissionner sur-le-champ. Puis elle s'était rappelé ce que M. Jamieson, le notaire, lui avait dit au sujet de Miles Hunter.

— Il menait une vie exaltante, autrefois. C'était un grand reporter, toujours en mission aux quatre coins du monde. Et

16

puis un jour, le camion dans lequel il voyageait a sauté sur une mine. Ses blessures étaient effroyables et les médecins pensaient qu'il ne remarcherait plus jamais. C'est à l'hôpital, où il est resté de longs mois, qu'il a écrit son premier roman, *Le Jour du désastre*.

Quand Miles Hunter entra dans la pièce, elle avait repris sa place au bureau.

— Je viens de voir votre sœur, déclara-t-il sans préambule. Elle a failli rentrer dans ma voiture avec sa bicyclette. Ce maudit engin n'a donc pas de freins ?

— Si bien sûr, répondit Chessie précipitamment. Mais elle roule beaucoup trop vite. Je… je lui parlerai.

Il darda sur elle un regard ironique.

— Pensez-vous que cela aura un quelconque effet ? Vous êtes beaucoup trop indulgente avec elle.

Chessie releva le menton.

— Je sais me montrer autoritaire.

— Allons, Francesca… Vous lui passez tous ses caprices, alors que de son côté, elle ne fait pas le moindre effort.

Chessie en resta bouche bée. A l'indignation provoquée par ce commentaire, se mêlait une profonde stupéfaction. Pour Miles Hunter elle était invariablement « mademoiselle Lloyd ». Pourquoi l'appelait-il soudain par son prénom ?

— La situation est très pénible pour Jenny, expliqua-t-elle.

— Plus que pour vous ?

— D'une certaine manière, oui. Voyez-vous, elle était très jeune quand… sa vie a été bouleversée.

— Ne croyez-vous pas qu'il serait temps qu'elle cesse de se comporter comme une gamine ?

— Vous êtes mon employeur, monsieur Hunter, dit-elle poliment mais fermement. Pas notre tuteur. Et quoi que vous en pensiez, Jenny et moi nous nous entendons parfaitement.

— Eh bien, je ne peux pas en dire autant. Quand je lui ai suggéré qu'elle ferait bien de regarder où elle allait, elle m'a rétorqué que de toute façon, je serais bientôt débarrassé de vous deux. Que voulait-elle dire ?

Chessie réprima un soupir exaspéré. Oh, cette Jenny !

— Vous avez peut-être mal compris. Elle faisait sans doute allusion au fait qu'elle entrera à l'université cet automne et...

— Si elle réussit ses examens.

— Il n'y a aucun doute là-dessus. Elle est très intelligente et ses professeurs placent de grands espoirs en elle.

— Espérons que leur optimisme sera récompensé. Pour ma part, je trouve que ses manières laissent à désirer.

— J'en suis désolée.

— Vous n'avez aucune raison de vous excuser. Vous êtes bien trop jeune pour vous occuper d'une adolescente capricieuse. N'y a-t-il personne qui aurait pu vous aider ?

Ne comprenait-il donc pas que ça ne le regardait pas ? se demanda-t-elle, agacée.

— J'ai une tante du côté de ma mère, répondit-elle. Mais elle a préféré éviter que sa famille soit mêlée au scandale. Qui pourrait l'en blâmer ? De toute façon, ça n'a aucune importance.

— Bien sûr que si ! Vous êtes un être humain. Même si la plupart du temps vous semblez mettre un point d'honneur à vous faire passer pour un robot.

Il s'interrompit brusquement.

— Excusez-moi, reprit-il en se radoucissant. Ce n'est pas ce que je voulais dire. Avant qu'une autre énormité ne m'échappe, puis-je vous demander quelque chose ?

Mortifiée, elle garda le silence.

Un robot ! Le pire, c'était qu'il n'avait peut-être pas tout à fait tort...

— Accepteriez-vous de dîner avec moi ce soir ?

Elle crut avoir mal entendu.

— Je… Je ne comprends pas.

— C'est très simple. Je reviens de Londres avec une excellente nouvelle. Mon agent a vendu les droits de *Maelström* à la maison de production Evening Star Films et celle-ci veut que ce soit moi qui écrive le scénario. Il y a donc un espoir qu'un peu de l'esprit de mon roman survive à l'écran.

Seigneur ! Ce sourire ! Elle avait si peu souvent l'occasion de le voir qu'elle en avait oublié à quel point il était ensorcelant. Quant aux yeux saphir, ils étaient plus lumineux que jamais.

— Je tiens à fêter ça dignement, poursuivit-il. Et comme *Maelström* est le premier livre sur lequel vous avez travaillé, je serais très honoré que vous vous joigniez à moi.

Elle continua de le fixer en silence.

— Il vous arrive bien de manger, n'est-ce pas ? insista-t-il.

— Oui, mais…

— Mais ?

— Je ne pense pas que ce soit une bonne idée. Dans un si petit village…

— C'est une invitation à dîner, coupa-t-il d'un ton exagérément patient. Pas à partager mon lit. Si vous le souhaitez, je peux faire paraître un avis dans la gazette paroissiale pour lever toute ambiguïté.

Chessie sentit ses joues s'enflammer.

— Vous trouverez cela sans doute complètement idiot, répondit-elle, mais figurez-vous que j'ai réussi à convaincre tout le monde que nos relations étaient strictement professionnelles, bien que nous vivions pratiquement sous le même toit. Si les gens nous voient dîner en tête à tête, ils risquent d'en conclure que… les choses ont évolué. Ce serait très embarrassant.

Il eut un sourire amusé.

— Si vous y tenez, je peux faire venir un maçon pour murer la porte de communication entre le pavillon et la maison. Cela devrait suffire à faire taire les mauvaises langues.

— J'essaie d'être sérieuse ! protesta-t-elle.

— Et moi, pour une fois, j'essaie d'être drôle. Mais sans succès, apparemment. Ne pouvez-vous pas considérer cette invitation comme une simple expression de ma gratitude ? Sans compter qu'un repas substantiel ne peut pas vous faire de mal, ajouta-t-il en promenant sur elle un regard désapprobateur. Vous n'avez que la peau sur les os.

— Merci, répliqua-t-elle sèchement. Mais je ne pense pas…

— Justement. Evitez de penser. Agissez impulsivement, pour une fois. Ce n'est qu'un dîner, bon sang !

Il fit une pause, le visage dur.

— A moins que ce ne soit mon apparence physique qui vous rebute ?

— Comment pouvez-vous insinuer une chose pareille ? s'indigna-t-elle.

— Parce que ça ne serait pas la première fois. Figurez-vous que je vivais avec une femme avant de sauter sur cette maudite mine. Nous devions nous marier. Mais après sa première visite à l'hôpital, elle n'est jamais revenue. Je ne vous raconte pas ça pour me faire plaindre, précisa-t-il d'un ton sec.

— Je sais parfaitement que vous ne voulez pas de ma compassion, monsieur Hunter.

Après une hésitation, elle ajouta :

— J'accepte de dîner avec vous… si c'est ce que vous souhaitez.

20

— Merci. Pensez-vous que vous pourriez faire une autre entorse à vos principes et m'appeler Miles ?

Chessie fut troublée. Il devenait beaucoup trop familier ! Il fallait mettre le holà immédiatement.

Mais à son grand dam, elle s'entendit bredouiller :

— Très bien… Miles.

— Parfait. Rendez-vous à 20 heures devant la voiture.

Il gagna son bureau, qui était contigu à celui de Chessie, et referma la porte derrière lui.

Chessie resta immobile, fixant sans les voir les figures géométriques qui tourbillonnaient inlassablement sur l'écran de veille de son ordinateur.

Décidément, cette journée était pleine de surprises. Des surprises qu'elle n'était pas certaine de pouvoir qualifier de bonnes. Surtout la dernière… Avait-elle vraiment accepté de dîner avec Miles Hunter ? En tout cas, il était trop tard pour reculer. Elle frissonna, comme si un danger inconnu la menaçait. Mais aussitôt, elle se rabroua intérieurement. Sa réaction était ridicule…

Après tout — comme il l'avait dit lui-même — ce n'était qu'un dîner.

2.

— Le monstre t'a invitée à dîner et tu as accepté ? s'exclama Jenny. Tu es complètement folle !

Chessie haussa les épaules.

— Pas du tout. Il a une bonne nouvelle à fêter.

— Sans blague !

Chessie posa sur sa sœur un regard consterné.

— Comment peux-tu être aussi méchante ? Nous sommes redevables à Miles. Je ne comprends pas comment tu peux te montrer aussi désagréable avec lui et dire de telles horreurs dans son dos.

— Redevables ? Peux-tu m'expliquer en quoi ? Il nous a pris notre maison !

— S'il ne l'avait pas achetée, quelqu'un d'autre l'aurait fait à sa place et nous aurait mises dehors. Nous n'avions aucun moyen de la garder. Pourquoi n'arrives-tu pas à comprendre ça ?

Jenny prit un air buté.

— Je suis sûre qu'il y avait d'autres solutions. L'autre jour, j'ai vu une émission à la télévision sur les chambres d'hôtes. Nous aurions pu faire fortune.

— Au bout de dix ans, peut-être. Mais les créanciers de papa n'étaient pas disposés à attendre leur argent aussi long-

22

temps. Sans compter que s'occuper de chambres d'hôtes est un travail qui exige d'être disponible jour et nuit.

— Ç'aurait pu marcher, insista Jenny. Mais au fait, depuis quand le monstre est-il devenu « Miles » ? Je croyais que tu ne l'appelais que « monsieur Hunter » ?

Préférant ignorer cette question, Chessie gagna sa chambre pour passer en revue les quelques tenues qui constituaient sa garde-robe.

Il y avait si longtemps qu'elle n'était pas allée au restaurant… La dernière fois, c'était pour déjeuner avec son père, se souvint-elle. Incapable d'avaler quoi que ce soit, elle avait passé le repas à tenter de lui extorquer la vérité sur ses affaires.

Mais il avait tenu à la rassurer. « Tu n'as aucune raison de t'inquiéter, ma chérie. » Il parlait très fort, riait beaucoup et buvait verre après verre. Ayant aperçu d'anciens associés dans la salle, il leur avait adressé de grands signes, mais ceux-ci l'avaient ignoré.

Ce jour-là, elle portait une robe de lin crème avec de gros boutons dorés. Malheureusement, elle s'en était séparée depuis longtemps. Qu'allait-elle mettre ce soir ? Tous ses vêtements étaient si ordinaires…

Finalement, elle opta pour une jupe noire tombant à mi-mollet et un corsage de soie ivoire. La chaîne et les boucles d'oreilles dorées que Jenny lui avait offertes pour son anniversaire égaieraient un peu le tout.

Au lieu de relever ses cheveux châtain clair en chignon comme à l'ordinaire, elle décida de les laisser tomber en boucles lâches sur ses épaules. La seule ombre à paupières qu'elle possédait s'étant desséchée au fond de son petit pot, elle se contenta de se poudrer légèrement le visage et d'appliquer sur ses lèvres une fine couche de brillant corail.

Puis elle sortit du tiroir de sa coiffeuse son précieux flacon de L'Air du Temps et en vaporisa quelques gouttes derrière ses oreilles. Enfin, elle enfila sa veste, prit son sac à main et s'examina dans le miroir d'un œil critique.

Seigneur ! Elle était d'une banalité affligeante... Pourquoi Miles Hunter avait-il choisi de fêter son succès en sa compagnie ? Nul doute qu'il aurait pu trouver une invitée plus digne de lui. Car quoi qu'en pense Jenny, c'était un homme très séduisant.

Elle s'interrogea sur l'ex-compagne à laquelle il avait fait allusion. Etait-il toujours amoureux de cette femme, qui l'avait abandonné au moment où il avait le plus besoin d'elle ? Etait-ce pour cette raison qu'en dehors des lettres de ses lecteurs — auxquelles elle répondait à sa place — il ne recevait jamais aucun courrier ? Et que les seules femmes qui lui téléphonaient étaient sa sœur et son agent ?

Cela justifiait-il également que l'amour soit toujours absent de ses romans ? Certes, l'intrigue pleine de rebondissements tenait le lecteur en haleine, cependant, pour sa part, elle les trouvait dénués d'émotion. Mais c'était une opinion toute personnelle...

Et comment pouvait-elle être certaine qu'il n'y avait pas de femme dans la vie de Miles ? Ses visites régulières à Londres n'étaient peut-être pas uniquement d'ordre professionnel. Peut-être préférait-il rester discret sur sa vie privée en la menant en dehors du village.

Vêtu d'un pantalon noir impeccablement coupé et d'un pull à col roulé de cachemire noir, il l'attendait à côté de la voiture. Une veste de cuir était négligemment jetée sur son épaule. Les yeux fixés sur le sol, il semblait préoccupé et ne l'entendit pas approcher.

24

Regrettait-il son invitation ? Si c'était le cas, elle ne tarderait pas à le savoir.

— Bonsoir, dit-elle d'une voix timide.

Il lui ouvrit la portière.

— Toujours ponctuelle.

A quoi s'attendait-il ? se demanda-t-elle en attachant sa ceinture. Elle n'allait pas jouer la coquette et le faire attendre…

Tandis qu'il prenait place derrière le volant, elle sentit les effluves de son eau de toilette subtile et épicée.

— J'ai pensé que nous pourrions essayer le White Heart, annonça-t-il en mettant le contact. J'ai entendu dire qu'on y mangeait très bien. Si ça ne vous dérange pas d'aller au pub du village, bien sûr.

— Pas du tout.

De toute façon, elle n'avait ni la tenue ni l'état d'esprit appropriés pour dîner dans un restaurant chic…

— Mme Fewston est un véritable cordon-bleu, déclara-t-elle. Avant de reprendre le White Heart avec son mari, elle cuisinait pour des dîners privés. Je crois que ça lui arrive encore, d'ailleurs.

— C'est bon à savoir. J'ai plusieurs invitations à rendre.

Chessie lui jeta un regard surpris.

— Silvertrees est un lieu idéal pour recevoir.

— Ma sœur ne manque jamais de me le rappeler. Pour m'inciter à l'inviter avec ses garnements de fils, sans doute.

— Vous n'aimez pas les enfants ?

Il haussa les épaules.

— Je n'ai pas souvent l'occasion d'en fréquenter, mais ceux de ma sœur sont très attachants. Même si le terme de « garnements » les décrit parfaitement, ajouta-t-il d'un ton pince-sans-rire.

S'il n'avait pas sauté sur cette mine, il aurait peut-être fondé une famille, songea Chessie au moment où ils arrivaient à destination.

Le White Heart était un ancien relais de poste, situé un peu en dehors du village. La qualité exceptionnelle de la cuisine et des vins ainsi qu'un décor chaleureux assuraient son succès. Le parking était presque plein.

— Heureusement que j'ai retenu une table, commenta Miles en se garant. Même s'il n'y a pas que des dîneurs, apparemment...

Suivant son regard, elle aperçut deux silhouettes étroitement enlacées, dans une voiture parquée à l'abri d'un bouquet d'arbres. Aussitôt, elle détourna les yeux.

— Quelle drôle d'idée de choisir un endroit pareil, dit-elle en s'efforçant d'adopter le ton léger de son compagnon.

— Sauf si c'est une liaison illégitime. Dans ce cas, n'importe quel coin sombre fait l'affaire.

S'abstenant de tout commentaire, Chessie descendit de voiture.

La plupart des clients du pub étaient des gens qu'elle connaissait. Tous la saluèrent cordialement, même si certains ne parvinrent pas à dissimuler leur curiosité de la voir en pareille compagnie.

Il fallait s'y attendre, songea-t-elle avec fatalisme en étudiant le menu. Elle choisit une soupe de cresson et du ragoût de pintade avec un confit d'échalotes au vin rouge, tandis que Miles commandait une terrine et du steak agrémenté d'une sauce à la bière et au cheddar.

— « Vous venez souvent ici ? » est l'entrée en matière la plus courante dans ce genre de situation, plaisanta-t-il quand la serveuse s'éloigna après avoir pris leur commande. Mais je sais parfaitement que vous ne venez pas souvent ici. Que suggérez-vous donc comme autre sujet de conversation ?

— Je ne sais pas, répondit-elle en jouant nerveusement avec son verre. J'ai bien peur de ne pas être très douée pour les conversations mondaines.

Il eut un sourire.

— Vous ne pouvez pas l'être moins que moi. La soirée promet d'être silencieuse !

Timidement, elle lui rendit son sourire.

— J'ai l'habitude. Jenny passe la plupart de son temps dans sa chambre à étudier.

— La solitude est un luxe, paraît-il… Il y a un excellent saint-émilion sur la carte des vins. A moins que vous ne préfériez un bourgogne ?

— Le bordeaux me convient parfaitement.

Avec un pincement au cœur, elle pensa aux vacances qu'elle avait passées à visiter le vignoble bordelais avec son père.

— La voici de nouveau, annonça Miles.

Elle tressaillit.

— De qui parlez-vous ?

— De cette expression sur votre visage. Vous faites la tête d'un enfant à qui on vient d'apprendre que Noël a été rayé du calendrier.

— Je suis désolée.

— Vous n'avez pas à vous excuser. N'avez-vous que des souvenirs douloureux ?

— Comment savez-vous que j'étais plongée dans des souvenirs ?

— Une intuition. Vous avez envie d'en parler ?

— Pas vraiment, non. De toute façon, vous savez l'essentiel. La presse s'en est donné à cœur joie, à l'époque.

— Il était effectivement impossible de ne pas être au courant, commenta-t-il d'une voix douce.

Il la considéra un instant en silence.

— Eh bien, n'allez-vous pas vous décider ?

— Pardon ?

— N'allez-vous pas me dire que votre père était innocent et que s'il n'était pas mort, il aurait fini par être lavé de tout soupçon ?

Chessie secoua lentement la tête.

— S'il avait vécu, je pense qu'il serait allé en prison. Il ne l'aurait pas supporté…

Elle se mordit la lèvre.

— Je suis désolée. Ce dîner est supposé être un repas de fête, pas une veillée funèbre.

— Cessez de vous excuser à tout propos, Francesca. Si je vous interroge, c'est parce que vos réponses m'intéressent.

Etait-il sincère ? se demanda-t-elle en buvant une gorgée d'eau. Hors du contexte professionnel habituel, Miles se sentait peut-être obligé de parler d'autre chose que du roman en cours ou des problèmes domestiques.

Cependant, il aurait pu choisir un sujet plus neutre. De quoi discutaient un homme et une femme qui dînaient ensemble ? Elle se sentait si déphasée… Aucun des garçons avec qui elle était sortie une ou deux fois à Londres ne lui avait laissé de souvenir impérissable. Et depuis qu'elle avait quitté la capitale, elle n'était jamais sortie avec un homme. Jusqu'à ce soir. Mais ce dîner n'avait rien d'un rendez-vous galant, bien sûr.

A son grand soulagement, la serveuse arriva avec les entrées. La nourriture était si exquise que toute conversation devint superflue. Chessie se contenta donc de faire les commentaires élogieux de circonstance et de savourer le contenu de son assiette.

Ils avaient été installés dans une des petites salles du fond. Lambrissée et intime, celle-ci ne contenait que des tables pour deux, éclairées aux chandelles. Les Fewston devaient être de grands romantiques, se dit Chessie avec mélancolie en beurrant son petit pain encore chaud. Etait-ce ce cadre qui provoquait en elle ce trouble étrange ?

Tandis qu'on changeait leurs assiettes, elle posa mille questions à Miles sur le script et les problèmes posés par l'adaptation pour l'écran. Ce n'était pas seulement une excuse pour éviter les sujets plus personnels. Elle était sincèrement intéressée et après tout, elle allait être très impliquée dans ce projet.

Mais ensuite, sur quoi allait-elle bien pouvoir enchaîner ? Le temps ? L'effet de serre ? Seigneur ! Quelle convive ennuyeuse elle faisait !

— Suis-je donc un compagnon si intimidant ? demanda Miles en dardant sur elle un regard pénétrant.

Désarçonnée, elle but une gorgée de vin.

— Non…, bien sûr que non, balbutia-t-elle.

— J'aurais dû vous demander d'apporter un bloc pour vous dicter une ou deux lettres entre les plats, déclara-t-il, visiblement amusé. Vous auriez peut-être été plus à l'aise.

— A vrai dire, je m'interroge toujours sur les raisons de ma présence ici.

— Vous êtes en train de déguster un excellent repas.

— C'est tout ?

— Non. J'ai certains projets dont je dois vous faire part.

— Avez-vous décidé de vendre la maison ?

La dernière bouchée de pintade eut soudain un goût de cendres. Pourvu qu'elle ne se retrouve pas sans domicile et sans travail !

— Pas du tout, répliqua Miles, visiblement surpris. Qu'est-ce qui vous a donné cette idée ? Ne vous ai-je pas dit que j'avais l'intention d'organiser des dîners ?

— Si. Je ne sais pas pourquoi j'ai pensé à ça.

— En fait, j'ai une proposition à vous faire.

— Quel genre de proposition ? demanda-t-elle, interloquée.

— Je pense que nous devrions nous marier.

Chessie eut le sentiment étrange que le monde autour d'elle venait de se figer. Le murmure des conversations s'éteignit, couvert par le bruit assourdissant des battements de son cœur. Oppressée, elle resta silencieuse un instant.

— Je suis désolée, dit-elle enfin d'une voix étranglée qu'elle ne reconnut pas. Je ne comprends pas.

— C'est très simple. J'aimerais que vous deveniez mon épouse. Si vous le souhaitez, considérez cela comme un avenant à votre contrat de travail.

Il était devenu subitement fou ! songea-t-elle, médusée. Il n'y avait pas d'autre explication.

— Le mariage… peut difficilement être considéré comme un arrangement professionnel, objecta-t-elle.

— Ça dépend des circonstances. En ce qui nous concerne, ce serait pour vous un gage de sécurité et pour moi, l'assurance d'avoir une hôtesse aussi charmante que compétente pour recevoir mes invités. Je ne vous demande pas une réponse immédiate, bien sûr. J'aimerais que vous réfléchissiez bien avant de prendre une décision.

Abasourdie, Chessie n'en croyait pas ses oreilles. Cette proposition était insensée !

Après un silence prolongé, elle prit son courage à deux mains et balbutia :

— Ça ne vous dérange pas que… nous ne soyons pas amoureux ?

— L'amour ne fait plus partie de mes préoccupations depuis longtemps. Mais bien sûr, je comprendrais qu'il n'en soit pas de même pour vous. Y a-t-il quelqu'un dans votre vie ?

— Non…

Elle déglutit péniblement avant d'ajouter :

— Ce ne serait donc pas un vrai mariage, si je comprends bien ?

— En effet. Du moins au début.

Elle eut l'impression que son cœur cessait de battre.

— Que voulez-vous dire ?

— Qui sait ? murmura-t-il en plongeant ses yeux dans les siens. Peut-être serons-nous amenés à reconsidérer la question par la suite.

Pétrifiée, elle resta muette.

— Réfléchissez aussi longtemps que nécessaire, ajouta-t-il.

Elle s'humecta les lèvres.

— Et si je refuse ? Perdrai-je mon travail ?

— Me croyez-vous donc si inhumain ?

Elle devint écarlate.

— Non, bien sûr que non. Je… je vais réfléchir à votre proposition.

— Parfait. Puis-je demander la carte des desserts, à présent ?

Il y avait peu de chances qu'elle parvienne à avaler quoi que ce soit d'autre, songea-t-elle, l'estomac noué.

— Juste un café pour moi, s'il vous plaît, dit-elle en se levant. Si vous le permettez, je vais me rafraîchir.

Dieu merci, les toilettes pour dames étaient désertes ! Elle fit couler de l'eau froide sur ses poignets pour tenter de se calmer. En vain. Son cœur battait à tout rompre. Les pensées se bousculaient dans son esprit. Plus elle y réfléchissait, plus la proposition de Miles lui semblait aberrante.

Et pourquoi avait-il précisé que ce ne serait pas un vrai mariage « du moins au début » ? Elle fut prise de trem-

31

blements. Seigneur ! C'était inenvisageable. Jamais elle ne pourrait…

Cependant, elle avait promis de réfléchir et elle devait au moins faire semblant de tenir sa promesse. Elle laissa échapper un long soupir. Une fois qu'elle aurait fait part à Miles de son refus, elle serait obligée de quitter Silvertrees. Car quoi qu'il en dise, la situation deviendrait très vite intenable.

Dès le lendemain, elle irait s'inscrire à l'agence d'intérim de la ville voisine avant de se mettre en quête d'un nouveau logement. Oh, pourquoi fallait-il que Miles remette brusquement en question la routine confortable dans laquelle elle s'était installée ? Surtout qu'il n'était même pas amoureux d'elle…

Tout à coup, elle s'imagina dans ses bras. La serrant contre lui, il capturait sa bouche avec fougue et…

Haletante, elle parvint à grand-peine à reprendre pied dans la réalité. De longs frissons la parcouraient et les pointes de ses seins pointaient sous la soie de son corsage. Jetant un coup d'œil dans le miroir, elle constata que ses yeux brillaient d'un éclat inhabituel et que son cou était envahi de plaques rouges.

Il n'était pas question de retourner à table dans cet état ! Miles comprendrait immédiatement. Et alors, elle serait irrémédiablement perdue…

« Oh, Seigneur ! Que m'arrive-t-il ? » se demanda-t-elle, atterrée.

3.

Si elle ne regagnait pas la salle immédiatement, Miles allait penser qu'elle avait eu un malaise, se dit-elle en se recoiffant pour la énième fois.

Alors qu'elle longeait le bar, Jim Fewston la salua.

— Bonsoir, mademoiselle Lloyd. J'espère que vous avez apprécié votre repas.

— C'était délicieux.

— Comment va votre jeune sœur ? De nos jours, les adolescents ont tendance à devenir adultes sans qu'on s'en rende compte, n'est-ce pas ?

— Oui, sans doute, répondit-elle, intriguée.

Manifestement, Jim était embarrassé. Comme s'il avait quelque chose à lui dire et ne savait pas comment s'y prendre…

— J'espère qu'elle n'a pas été trop contrariée, l'autre soir, poursuivit-il en baissant la voix. Ailleurs, on l'aurait peut-être servie, mais je la connais depuis toujours et je sais qu'elle n'a pas encore dix-huit ans. Par ailleurs, le garçon avec qui elle était ne me plaît pas beaucoup. Si bien que quand elle a commandé une vodka tonic, je leur ai demandé de partir.

— Jenny serait venue ici ? Excusez-moi, mais vous devez faire erreur.

33

— Je me doutais que vous n'étiez pas au courant, commenta-t-il en secouant la tête. Pourquoi ne lui parleriez-vous pas ? Souvent, il suffit de discuter calmement pour que tout s'arrange. Je sais qu'il n'est pas facile d'élever une adolescente quand on est soi-même toute jeune, mais c'est le genre de problème qu'il vaut mieux tuer dans l'œuf. Et si j'étais vous, je surveillerais ses fréquentations. Son petit ami est vraiment déplaisant.

— Mais enfin, Jenny n'a pas de petit ami ! protesta Chessie, abasourdie. Et de toute façon, elle passe toutes ses soirées à étudier dans sa chambre.

— Pas toutes, mademoiselle Lloyd. Croyez-moi.

Jim Fewston retourna derrière le bar, la laissant complètement désorientée. Tandis qu'elle regagnait sa table, elle vit que la serveuse avait apporté le café. Et qu'elle s'attardait pour discuter avec Miles. Tout sourires, elle jouait avec les boutons de son corsage, rejetait ses cheveux en arrière… De toute évidence, elle lui faisait du charme ! Quant à Miles, il semblait trouver ça amusant. Chessie se surprit à avancer plus vite. L'ayant aperçue, la serveuse adressa un dernier sourire à Miles et s'éloigna.

Quand Chessie prit place en face de lui, ce dernier lui jeta un regard interrogateur.

— Vous semblez contrariée. Qu'est-ce qui ne va pas ?

— Rien, répondit-elle en parvenant à esquisser un sourire.

— Allons, inutile de nier. De quoi s'agit-il ? Etes-vous malade ?

Elle déglutit péniblement.

— Non…, je vous assure. Mais il est tard. Est-ce que cela vous dérangerait beaucoup si nous rentrions ?

— Oui, répondit-il à sa grande surprise. Quoi qu'ait fait Jenny, ça peut attendre que nous ayons terminé tranquille-

34

ment notre premier dîner en tête à tête. Je vous suggère de prendre un cognac. Vous semblez en avoir besoin.

Seigneur ! Comment avait-il pu deviner ?

— Qu'est-ce qui vous fait croire qu'il y a un problème avec Jenny ?

— Je le vois à votre mine défaite. Quand vous avez cet air abattu, c'est toujours à cause de votre sœur.

Il darda sur elle un regard la défiant de le contredire.

— Prendrez-vous ce cognac ?

Elle hocha la tête en signe d'acquiescement.

— Je suppose que vous avez découvert qu'elle n'est pas exactement la collégienne modèle que vous voyez en elle, poursuivit-il en faisant signe à la serveuse. Regardez la vérité en face, Francesca. Jenny est très intelligente, mais c'est une enfant gâtée.

Il commanda deux cognacs, puis il servit le café.

— Lait et sucre ?

— Noir, s'il vous plaît. Vous pensez que je n'ai pas su m'occuper d'elle ? demanda-t-elle d'une voix étranglée.

— Cessez de culpabiliser sans cesse. Vous n'avez rien à vous reprocher. Simplement, vous n'avez pas assez d'expérience pour anticiper les problèmes.

Il lui tendit sa tasse.

— Au lieu d'étudier dans sa chambre le soir, elle fréquente les pubs, n'est-ce pas ?

— Apparemment, oui. Elle laisse la radio et la lumière allumées dans sa chambre et je n'ai jamais eu l'idée de vérifier qu'elle était bien là. Jim Fewston l'a vue l'autre soir en compagnie d'un garçon qui serait peu recommandable. Et elle a commandé de la vodka !

— Si vous êtes vraiment très pressée de lui parler, oublions le cognac. Nous partirons dès que nous aurons terminé notre café.

— Merci. Je suis désolée d'avoir gâché votre soirée.

— Je croyais vous avoir demandé de ne plus vous excuser, déclara-t-il d'un ton gentiment réprobateur.

Tout en buvant son café, elle l'observa à la dérobée. Comment était cette femme avec qui il avait failli se marier ? Belle, intelligente, cultivée, sans aucun doute. Mais également assez égoïste et cruelle pour l'abandonner au premier coup dur.

Pendant qu'il réglait l'addition à la caisse, Chessie gagna la réception et regarda sans les voir les aquarelles qui y étaient exposées.

Soudain une odeur étrangement familière — un mélange de parfum entêtant et de tabac blond — lui signala qu'elle n'était plus seule.

Se retournant, elle fixa d'un regard incrédule la femme qui se tenait dans l'embrasure de la porte menant au bar. Moulée dans une robe en tissu léopard, celle-ci arborait un sourire narquois. Son regard violet détailla Chessie de la tête aux pieds avec condescendance.

— Par exemple ! lança Janet Markham. C'est la petite Francesca !

Chessie déglutit péniblement.

— Bonsoir, Janet.

— Je suis surprise que vous soyez toujours dans la région après un tel scandale !

Chessie sentit son sang bouillonner dans ses veines. Décidément, la belle-mère d'Alastair n'avait rien perdu de sa cruauté…

— Fort heureusement, tout le monde n'est pas aussi malveillant que vous, rétorqua-t-elle sèchement.

— Et votre petite sœur ? Si je me souviens bien, c'était une vraie beauté.

36

— En effet. De plus, elle est très intelligente. Il est difficile de croire que nous sommes parentes, n'est-ce pas ? ironisa Chessie.

Elle fit une pause avant de demander :

— Sir Robert est-il avec vous ?

Le sourire de Janet se crispa imperceptiblement.

— Non. Il est encore à Londres. Je suis venue un peu avant lui pour préparer la maison. On ne peut pas faire confiance au personnel, précisa-t-elle d'un ton méprisant. J'ai réservé une chambre à l'hôtel pour quelques nuits et je suis venue prendre un verre ici en souvenir du bon vieux temps.

— Je ne savais pas que vous fréquentiez le White Heart.

Janet haussa les épaules.

— Oh, de temps en temps. Mais je suis étonnée de vous y rencontrer. A moins que vous ne soyez serveuse, ajouta-t-elle avec un coup d'œil perfide à la jupe et au corsage de Chessie. Vous n'avez aucune formation, n'est-ce pas ? Et vous ne devez pas avoir non plus de références professionnelles sérieuses, ayant travaillé pour votre père. Où logez-vous ? Je suppose que vous avez été obligée de vendre Silvertrees.

Décidément, cette soirée était un véritable cauchemar !

— Oui, bien sûr, répondit Chessie en relevant le menton. Mais je travaille pour le nouveau propriétaire. En tant que secrétaire et gouvernante.

— Vous ne vous êtes pas trop mal débrouillée, on dirait, susurra Janet. Et qui est cette âme charitable qui vous a embauchée ?

— Miles Hunter.

Janet arqua les sourcils

— L'écrivain ? On voit ses livres partout. Il doit être immensément riche.

— Il a beaucoup de succès, en effet.

— J'espère que vous ne vous êtes pas amourachée de lui. La petite secrétaire amoureuse de l'auteur de best-sellers... Ce serait pathétique !

Chessie ne put s'empêcher de serrer les poings. La garce ! Tout à coup, elle vit Miles qui arrivait du bar.

— Je suis touchée par votre sollicitude, Janet, déclara Chessie. Mais vous avez tort de vous inquiéter pour moi.

S'avançant vers Miles, elle le prit par le bras avec un sourire éclatant.

— Chéri, voici lady Markham, qui revient s'installer à Wenmore Court. Janet, je vous présente Miles Hunter.

Après une pause délibérée, elle ajouta :

— Mon fiancé.

Miles ne cilla pas, mais à peine avait-elle prononcé ces mots que Chessie fut envahie par le remords. Qu'avait-elle fait ? Plus tard, elle se haïrait. Mais la tentation de clouer le bec à l'arrogante lady Markham avait été trop forte...

Janet se reprit très vite, cependant.

— Félicitations, dit-elle en tendant la main à Miles avec un sourire aguichant.

D'abord la serveuse, et à présent, Janet ! Décidément, il avait un succès fou, songea Chessie, agacée sans trop savoir pourquoi.

— Merci, répondit Miles, le visage impassible.

— Je suis sûre que vous serez très heureux, tous les deux, déclara Janet d'un ton exagérément enjoué. A quand est fixé le grand jour ? Je suppose que vous allez vous marier ici ?

— Nous n'avons pas encore décidé, intervint précipitamment Chessie. Miles est très occupé en ce moment. Il a un roman à terminer et un autre à adapter pour le cinéma.

— Quelle image peu romantique tu donnes de moi, ma chérie ! s'exclama-t-il d'un ton léger. Je pense au contraire que nous devrions nous marier le plus tôt possible. Même si la lune de miel doit être remise à plus tard.

Il attira Chessie plus près de lui et lui effleura les cheveux de ses lèvres.

— Il est temps que nous rentrions à la maison, tu ne crois pas ? demanda-t-il d'une voix douce.

Ecarlate, Chessie bredouilla des paroles inintelligibles, tandis que Miles se tournait vers Janet en souriant.

— Bonsoir, lady Markham. Je suis enchanté d'avoir fait votre connaissance. J'espère vous revoir bientôt.

— Oh…, vous pouvez y compter, répondit la jeune femme avec un sourire enjôleur.

Ils regagnèrent la voiture en silence. Horrifiée par ce qu'elle venait de faire, Chessie avait envie de disparaître sous terre. Miles lui ouvrit la portière, puis il prit place à côté d'elle et resta un moment immobile, à fixer l'obscurité devant lui.

Finalement, il déclara d'un ton posé :

— Je suppose que ce qui vient de se passer était une comédie destinée à lady Markham et non pas une réponse à ma proposition.

Baissant la tête, Chessie se tordit les mains.

— Je suis désolée. Ma conduite est inqualifiable. Je… je ne sais pas ce que vous devez penser de moi.

— Je pense que vous aviez une revanche à prendre. Et je peux le comprendre, même si je n'approuve pas le moyen employé. Cependant, quoi que vous décidiez en dernier ressort, pour l'instant nous sommes virtuellement fiancés. Nous devons donc nous comporter en conséquence.

Elle leva vers lui un regard surpris.

— Toute volte-face à ce stade nous couvrirait tous les deux de ridicule et il n'en est pas question, précisa-t-il. A présent, rentrons.

Ils accomplirent le trajet du retour en silence. Au comble de l'embarras, Chessie osait à peine respirer. Qu'entendait-il exactement par « nous comporter en conséquence » ? Une fois à Silvertrees, il arrêta la voiture devant l'entrée du pavillon et se tourna vers elle. Calée au fond de son siège, elle retint son souffle. Allait-il tenter de l'embrasser ?

— Voulez-vous que je monte avec vous pour parler à Jenny ?

Son ton était poli, sans plus. Et il n'esquissa pas un geste vers elle.

Soulagée, elle secoua la tête.

— Je crois qu'il vaut mieux que je règle cette histoire toute seule. Merci.

— Bonne nuit, Francesca. A demain.

A la lueur de la lune, elle regarda la voiture s'éloigner vers l'entrée principale de la maison. Si seulement elle pouvait effacer cette soirée de son esprit et retrouver la vie tranquille qu'elle menait ce matin encore…

En soupirant, elle décida de se concentrer sur son problème le plus immédiat. Que dire à Jenny ? Comment aborder le sujet ? Elle n'en avait aucune idée. Peut-être pourrait-elle commencer par une remarque sur le prix de l'électricité, songea-t-elle en pénétrant dans le vestibule. Toutes les lumières étaient allumées !

Au moment où elle enlevait sa veste, la porte du salon s'ouvrit et Jenny apparut, le visage rayonnant.

— Chessie, enfin ! J'ai une grande surprise pour toi.

— J'ai eu mon compte de surprises pour la journée, répondit-elle avec brusquerie. Il faut que je te parle.

— Oh, ça peut attendre !

Jenny s'écarta pour la laisser entrer dans le salon.

En voyant le grand jeune homme brun qui s'avançait vers elle, Chessie se figea.

40

— Alastair… ?

— En personne.

Il la prit par les épaules en souriant.

— Tu ne me souhaites pas la bienvenue ?

— Si… si, bien sûr. C'est… c'est un grand plaisir de te revoir. Mais je ne m'attendais pas…

Il la regarda d'un air perplexe.

— Ça ne doit pas être une surprise, pourtant. Jenny m'a dit qu'elle t'avait annoncé que Wenmore Court était de nouveau habité.

— Oui… c'est vrai.

— Et de toute façon, dit-il en baissant la voix, tu savais que je reviendrais un jour, n'est-ce pas ?

Non, songea-t-elle avec un détachement étrange. Elle n'en savait rien.

— Je… je pensais que tu avais décidé de rester aux Etats-Unis.

— J'ai été tenté de le faire, reconnut-il. Mais quand une banque d'affaires de la City m'a proposé un poste à Londres, je n'ai pas résisté.

Son sourire s'élargit.

— N'es-tu pas un tout petit peu contente de me voir ?

— Bien sûr que si.

En fait, elle ne savait plus où elle en était. Cette soirée avait été trop riche en émotions. Saturée, épuisée, elle ne ressentait plus rien.

— Alors montre-le-moi, chuchota-t-il en s'inclinant pour l'embrasser.

Mais elle resta amorphe dans ses bras, incapable de lui rendre son baiser.

— Décidément, ton accueil n'est pas des plus chaleureux, déclara-t-il en s'écartant.

Il semblait déçu.

— Je crois que je suis sous le choc, s'excusa-t-elle avec un sourire contraint. Comment as-tu su où me… nous trouver ?

— Quand j'ai déposé mes affaires à Wenmore Court, Mme Cummings m'a dit que vous étiez toujours à Silvertrees et je suis venu directement. Jenny m'a raconté tout ce qui vous est arrivé depuis mon départ.

— A propos, où est-elle passée ? questionna Chessie en regardant autour d'elle.

— Elle s'est éclipsée avec tact, sous prétexte de refaire du café.

Chessie vit deux tasses sur la table, ainsi qu'une bouteille de vin à moitié vide et deux verres.

— Alors tu es sortie avec ton patron, ce soir ? D'après Jenny, c'est plutôt charitable de ta part. Il paraît qu'il est aussi laid que tyrannique.

Chessie se mordit la lèvre.

— Jenny est odieuse.

— Allons, ma chérie ! Tu ne peux tout de même pas lui en vouloir de ne pas apprécier cette situation. Mais peu importe. Ce n'était pas ainsi que j'avais imaginé nos retrouvailles.

Elle non plus, à vrai dire. Combien de fois en avait-elle rêvé, même après toutes ces années sans nouvelles de lui ? Mais la réalité n'avait rien à voir avec ses rêves…

— Alastair, sois réaliste, déclara-t-elle en jetant sa veste sur le canapé. Après avoir disparu pendant des années sans donner signe de vie, tu ne t'attendais tout de même pas à retrouver les choses telles que tu les avais laissées.

D'où lui venait cette soudaine assurance ? se demanda-t-elle, stupéfaite.

— Tu es fâchée contre moi parce que je ne t'ai pas donné de nouvelles ? questionna Alastair avec un sourire enjôleur. Je me le suis souvent reproché, crois-moi. Mais de si loin, ce n'est pas facile. Je n'ai jamais été très doué pour la correspondance.

Il y avait le téléphone, songea-t-elle. Sans parler du courrier électronique…

— Mais à présent, je suis de retour, poursuivit-il. Et j'ai bien l'intention de me faire pardonner. Pauvre chérie, quelles épreuves tu as endurées ! Ça doit être très pénible d'être obligée de vivre comme domestique dans sa propre maison.

— Il ne faut pas écouter toutes les jérémiades de Jenny. La situation a aussi ses avantages.

Après une pause, elle ajouta :

— J'ai vu ta belle-mère au White Heart, tout à l'heure.

Alastair sembla hésiter avant de répondre.

— Oui, j'ai cru comprendre qu'elle devait venir. J'espérais pouvoir m'occuper des travaux sans qu'elle s'en mêle.

— Les travaux ?

— Rien de radical. Il faut simplement aménager quelques pièces au rez-de-chaussée dans l'aile Ouest. Installer des rampes…, ce genre de choses.

Chessie fronça les sourcils.

— Je ne comprends pas.

— Janet ne t'a pas expliqué ce qui était arrivé à mon père ?

— Elle m'a simplement dit qu'il était resté à Londres.

Les traits du jeune homme se durcirent.

— C'est exact. Mais elle aurait pu préciser qu'il se trouvait dans une clinique. Il a eu une attaque.

— Oh, mon Dieu, Alastair ! C'est affreux ! Quand est-ce arrivé ?

— Il y a quelques semaines, en Espagne. Il vient d'être rapatrié en avion. Les médecins pensent qu'avec de la rééducation et des soins appropriés, son état devrait s'améliorer.

Mais pour l'instant il est en partie paralysé et il a du mal à parler.

— Oh, mon Dieu…

Des images de sir Robert surgirent dans l'esprit de Chessie. C'était un homme imposant et autoritaire. Un grand sportif, débordant d'énergie. Comment l'imaginer malade et diminué ?

— Je suis vraiment désolée. Mais pourquoi Janet ne m'a-t-elle rien dit ?

— Qui peut savoir ce qui se passe dans l'esprit de Janet ? rétorqua Alastair d'un ton méprisant.

— Peut-être estime-t-elle qu'il a besoin de calme et de repos, suggéra-t-elle sans y croire.

— Tu plaisantes ! Le bien-être de mon père est le cadet de ses soucis. D'ailleurs, je crois qu'elle a l'intention d'organiser une grande fête pour le début de l'été, comme autrefois.

— Mais elle doit bien se rendre compte que…

Chessie s'interrompit. Après tout, ça ne la regardait pas.

— C'est tellement bon d'être de retour, déclara Alastair d'une voix douce. De savoir qu'il y a de nouveau quelqu'un à mon côté.

S'imaginait-il qu'elle allait prendre parti dans leurs querelles de famille ? se demanda Chessie avec étonnement. Elle n'était pas en position de le faire. Et de toute façon, elle n'en avait pas l'intention…

Jenny revint de la cuisine en chantonnant avec ostentation dans le couloir pour annoncer son arrivée.

Chessie réprima un soupir. Il allait falloir remettre à plus tard la discussion avec sa sœur. Mais ce n'était peut-être pas plus mal, après tout. Ce soir, un affrontement avec elle était au-dessus de ses forces.

— Je vais aller chercher un CD pour que nous puissions écouter de la musique en finissant la bouteille de vin, annonça Jenny.

— Pas question ! Il est tard et Alastair doit s'en aller, décréta Chessie. Demain tu vas en classe et moi, je travaille.

— Par pitié, Chess, ne sois pas aussi rabat-joie ! Tu n'auras qu'à dire au monstre que tu prends ta journée parce que le dîner de ce soir t'est resté sur l'estomac. Est-ce que tu te rends compte ? Alastair est de retour !

— Tu as eu raison d'essayer, Jenny, intervint ce dernier avec un sourire. Mais Chessie a raison. Demain, nous travaillons tous les trois. Ne t'en fais pas, nous aurons souvent l'occasion de nous voir, à présent.

— Tu ne sais pas t'y prendre avec les hommes ! lança Jenny d'un ton accusateur après son départ. Je voulais mettre de la musique et vous laisser seuls tous les deux.

« Depuis quand sais-tu t'y prendre avec les hommes ? » faillit demander Chessie. Mais elle préféra s'abstenir.

— Chérie, je suis très fatiguée et j'ai vraiment besoin de dormir, déclara-t-elle en ramassant les verres et les tasses.

Mais une fois dans son lit, elle fut incapable de trouver le sommeil. Et curieusement, ce n'était pas le souvenir du sourire enjôleur d'Alastair qui la tenait en éveil mais celui de deux grands yeux saphir au regard pénétrant…

Le lendemain matin, Chessie eut la surprise de trouver sur son bureau la suite du scénario. Apparemment, elle n'était pas la seule à avoir eu du mal à trouver le sommeil la nuit précédente…

Elle alluma son ordinateur en soupirant. Au moment de partir en cours, Jenny lui avait annoncé qu'elle rentrerait plus tard que d'habitude parce qu'elle allait à la chorale. Mais, soupçonneuse, Chessie avait remarqué que sa sœur évitait son regard. Il allait falloir lui parler sans attendre, songea-t-elle sombrement.

Le bruit de la porte de derrière lui signala l'arrivée de Mme Chubb, la femme de ménage. Nul doute que celle-ci allait se faire un plaisir de commenter le retour des Markham. Son mari étant jardinier à Wenmore Court, elle devait être au courant de la situation.

— Vous avez appris la triste nouvelle ? demanda Mme Chubb quand Chessie la rejoignit dans la cuisine où elle faisait chauffer de l'eau pour sa première tasse de thé de la journée. Pauvre sir Robert ! poursuivit la femme de ménage sans attendre la réponse de Chessie. Qui aurait pu prévoir ? Remarquez, j'ai toujours dit qu'il n'aurait jamais dû s'installer en Espagne. Il faut laisser les tropiques aux gens qui y sont nés. Le climat est beaucoup trop pénible !

Prenant note du nouveau statut géographique de l'Espagne, Chessie marmonna un commentaire évasif, tout en préparant le plateau de Miles.

— Quand je pense qu'il va falloir de nouveau supporter Madame et ses grands airs, continua Mme Chubb. Vous vous rendez compte ? Sir Robert est à l'article de la mort, mais la première chose qu'elle a demandé à mon mari c'est de tracer les lignes du court de tennis !

— D'après les médecins, sir Robert devrait se rétablir rapidement, dit Chessie en se gardant bien d'exprimer son opinion sur l'attitude de Janet.

— Pas si c'est elle qui le soigne. Devenir veuve et dilapider l'héritage, elle n'attend que ça !

— Mme Chubb, vous ne devriez pas…

— Je ne vois pas pourquoi je me gênerais, coupa la femme de ménage d'un ton catégorique. Mon mari aime les jardins de Wenmore Court et il ne quittera jamais son travail, mais moi, il n'est pas question que je retourne là-bas.

Elle versa de l'eau bouillante sur son sachet de thé, pressa ce dernier jusqu'à ce que l'eau devienne brun foncé, puis ajouta une goutte de lait et deux cuillerées de sucre.

— Voilà un vrai thé, commenta-t-elle d'un air satisfait. Pas comme celle saleté parfumée que buvait Madame. Ça me soulevait le cœur.

Elle but une gorgée, puis, comme si c'était Chessie qui la retardait, elle déclara :

— Excusez-moi, mais maintenant il faut que je me mette au travail. M. Hunter m'a laissé un mot. Il veut que je prépare la chambre d'amis.

Sur ce, elle quitta la cuisine d'un pas décidé, sa tasse à la main.

Qui Miles avait-il invité à séjourner à Silvertrees ? Et pourquoi ne l'avait-il pas prévenue ? se demanda Chessie en allant chercher le courrier. Dans la boîte aux lettres, une grande enveloppe de couleur crème attira son regard. L'écriture, ample et déliée, était manifestement féminine. Elle se souvint que Miles en avait déjà reçu une semblable la semaine précédente.

Et alors ? se dit-elle, légèrement agacée. Pourquoi cet intérêt subit pour le courrier personnel de Miles ? Elle n'allait tout de même pas se mettre à réagir comme si elle était réellement fiancée avec lui !

Elle posa l'enveloppe avec le reste du courrier sur le plateau du café et emporta le tout jusqu'au bureau de Miles. Aucun bruit ne lui parvint de l'intérieur. Pas même le cliquetis de la machine à écrire. Curieux... En principe, à cette heure-là, il était en plein travail. Perplexe, elle frappa à la porte, puis, n'obtenant pas de réponse, elle se décida à entrer.

Heureusement, la pièce avait beaucoup changé depuis l'époque de son père. Entièrement redécorée et remeublée par Miles, elle était méconnaissable. Les murs étaient entièrement tapissés de rayonnages débordant de livres et de CD, au milieu desquels était nichée une minichaîne. Un énorme canapé en cuir occupait la place d'honneur devant la cheminée.

L'imposant bureau de son père avait été remplacé par une table moderne, très simple, installée sous la fenêtre. Sur celle-ci trônait la petite machine à écrire portative qui avait accompagné Miles aux quatre coins du monde.

— Cette machine appartenait à mon père, lui avait-il expliqué le jour où elle avait commencé à travailler pour lui. Il me l'a donnée quand j'ai fait mon premier reportage. Je continuerai à l'utiliser jusqu'à ce que la dernière pièce détachée et le dernier ruban aient disparu de la surface du globe.

Ce matin, la chaise était vide et la machine à écrire recouverte de sa housse. Déconcertée, Chessie posa le plateau sur la table. Où pouvait bien se trouver Miles ? C'était elle qui tenait son agenda et il n'avait aucun rendez-vous à l'extérieur.

Et s'il était souffrant ? se demanda-t-elle avec inquiétude. Mais dans ce cas, il lui aurait demandé d'appeler un médecin...

Malgré le calme impressionnant qui régnait dans la pièce baignée de soleil, elle eut soudain le sentiment qu'elle n'y était pas seule. S'approchant silencieusement du canapé, elle jeta un coup d'œil par-dessus le dossier. Etendu sur les coussins, Miles dormait.

Allons bon ! songea-t-elle, stupéfaite. C'était bien la première fois qu'une telle chose se produisait ! Il portait les mêmes vêtements que la veille au soir. De toute évidence, il ne s'était pas couché.

Endormi, il paraissait beaucoup plus jeune et presque vulnérable, constata-t-elle avec un curieux pincement au cœur. Troublée, elle ne parvenait pas à détacher le regard de son visage. Que devait-elle faire ? Le réveiller ou le laisser se reposer ?

— Eh bien, décidez-vous, Francesca. Ce suspense est insupportable.

La voix moqueuse la fit sursauter et elle retint à grand-peine un cri de frayeur.

— Vous... vous ne dormez pas ? balbutia-t-elle.

— J'ai le sommeil léger.

Il se redressa lentement avec un rictus douloureux.

— J'ai gardé de vieux réflexes de baroudeur. Quand je dors, tous mes sens restent en alerte. Le moindre mouvement me réveille.

— Si vous saviez que j'étais là, pourquoi avez-vous fait semblant de continuer à dormir ? dit-elle avec humeur.

Il eut un sourire ironique.

— Peut-être parce que j'espérais que vous me réveilleriez d'un baiser.

Mieux valait ignorer cette réponse, se dit-elle.

— Vous êtes resté debout toute la nuit ?

Il se leva et s'étira.

— Ça m'arrive de temps en temps. Je n'étais pas fatigué, hier soir. Je me suis assis un moment dans le jardin, puis j'ai décidé de travailler.

Il fit une pause avant d'ajouter :

— Vous avez eu un visiteur.

A son grand dam, Chessie sentit ses joues s'enflammer.

— Ce n'est pas interdit, que je sache, rétorqua-t-elle d'un ton plus agressif qu'elle ne l'aurait voulu.

— Bien sûr que non.

Il s'approcha de la table en boitant et se servit un café.

— J'espère qu'il ne vous a pas importunée ?

— Importunée ? Pourquoi ?

— Je pensais que c'était le petit copain de Jenny — celui qui vous préoccupait tellement hier soir.

— Oh... Non. C'était Alastair Markham..., un vieil ami.

Miles arqua les sourcils.

— Un parent de lady Markham ?

— Son beau-fils. Sir Robert, le père d'Alastair, a eu une attaque. C'est pour cette raison que les Markham sont rentrés d'Espagne. Mais Wenmore Court doit subir quelques aménagements et Alastair est venu superviser les travaux.

— Et renouer de vieilles relations.

— En effet, acquiesça-t-elle en relevant le menton. Y voyez-vous un inconvénient ?

— Aucun, du moment que vous n'oubliez pas que nous sommes censés être fiancés.

Il termina sa tasse et la reposa sur le plateau.

— Comment s'est passée votre discussion avec Jenny ? reprit-il. Avez-vous résolu le problème ?

— Ce n'était pas le bon moment. Je lui parlerai ce soir.

— A moins que d'autres vieux amis vous rendent visite. Vous savez, Francesca…

Il s'interrompit brusquement et prit l'enveloppe crème, qu'il considéra un long moment avant de déclarer :

— J'ai besoin de prendre une douche, de me raser et de me changer. Quant à vous, vous avez du travail.

En clair, elle était priée de le laisser seul… Chessie se dirigea vers la porte qui donnait sur son propre bureau. Avant de la refermer derrière elle, elle se retourna et vit Miles glisser l'enveloppe dans la poche de son pantalon. Son visage était impassible.

Qu'attendait-il pour l'ouvrir ? se demanda-t-elle en s'installant devant son ordinateur. Mais aussitôt, elle se morigéna : Miles pouvait bien faire ce qu'il voulait de cette lettre, ça ne la concernait en rien…

Ce matin-là, elle eut beaucoup de mal à se concentrer sur la saisie du scénario. Elle hésitait sur l'orthographe de noms propres qui lui étaient pourtant familiers depuis longtemps et accumulait les coquilles.

C'était sans doute dû au manque de sommeil, se dit-elle en corrigeant rageusement une énième faute de frappe. Alors qu'elle attaquait la correspondance, Mme Chubb passa la tête par la porte.

— De la visite, annonça-t-elle.

Chessie se leva précipitamment.

— La chambre est-elle prête ?

— Ce n'est pas la personne qu'attend M. Hunter, mais lady Markham. Elle a demandé à le voir. Ils sont dans le salon et Monsieur demande que vous les rejoigniez.

Après s'être recoiffée rapidement, Chessie prit une profonde inspiration et gagna le salon.

Miles était debout devant la cheminée éteinte, accoudé à la tablette. Rasé de frais, il avait passé un jean et une chemise blanche. Janet, vêtue d'une robe de soie grège beaucoup trop habillée pour cette heure de la journée, était assise en face de lui dans le canapé.

— C'est terrible, disait-elle en agitant une main aux ongles écarlates. J'ai été obligée d'appeler un cabinet d'infirmières à Londres ! Dieu merci, ils ont une garde-malade disponible immédiatement.

— Ce doit être un grand soulagement pour vous, commenta Miles d'un ton neutre avant de se tourner vers Chessie. J'espère que nous sommes en mesure d'inviter lady Markham à déjeuner, chérie.

— Il ne faut surtout pas que cela vous dérange, intervint Janet en minaudant. Je ne voudrais pas perturber la rédaction de votre dernière œuvre.

— Est-ce qu'une soupe et une omelette vous conviennent ? demanda Chessie.

— Je préférerais des œufs en meurette, répondit Janet d'un ton désinvolte, mais faites ce que vous pouvez, ma chère Francesca.

— Alors ce sera soupe et omelette, répliqua Chessie sur le même ton.

Pendant que la soupe chauffait à feu doux, elle mit une bouteille de chablis à rafraîchir, puis dressa la table dans la salle à manger. De retour dans la cuisine, elle prépara les ingrédients pour la garniture de l'omelette. Alors qu'elle battait les œufs dans une grande jatte, Miles apparut dans l'encadrement de la porte.

— Tout se passe bien ?

— Pour ce qui est de la cuisine, il n'y a pas de problème. En revanche, je préférerais ne pas me joindre à vous pour le déjeuner. Je mangerai un sandwich dans mon bureau.

— Souvenez-vous que j'attends de ma future épouse qu'elle assume le rôle d'hôtesse auprès de moi.

— Je ne suis pas votre future épouse, répondit-elle entre ses dents.

— Lady Markham le croit. Vous déjeunerez donc avec nous, que ça vous plaise ou non.

Elle lui lança un regard de défi.

— Est-ce un ordre…, monsieur ?

— Oui, madame, répondit-il avec un sourire malicieux.

Il s'avança vers elle et s'appuya contre le bord de la table.

— Je découvre un aspect tout à fait nouveau de votre personnalité, Francesca. Jusqu'à présent, je vous aurais plutôt comparée à une petite souris, timide et effacée. Et aujourd'hui…

— Du jour au lendemain, je me suis transformée en éléphant ? coupa-t-elle avec agressivité.

Il se mit à rire.

— Je pensais à quelque chose de plus félin… une tigresse, peut-être.

Chessie baissa les yeux. La conversation prenait un tour très perturbant…

— Ce que vous dites est absurde. Et si vous voulez que je serve un repas décent à votre invitée, vous feriez mieux de me laisser cuisiner.

— Ça peut attendre.

Une lueur étrange s'était allumée dans les yeux de son compagnon.

— Je viens de vous voir sortir les griffes, Chessie. A présent, j'aimerais vous entendre ronronner, murmura-t-il en l'attirant dans ses bras.

Tétanisée, elle lâcha le batteur à œufs, qui tomba bruyamment sur le sol dallé. Plaquée contre le torse puissant de Miles, emprisonnée dans l'étau de ses bras musclés, elle frémissait de tout son corps.

Au moment où elle ouvrait la bouche pour protester, il la réduisit au silence en s'emparant de ses lèvres dans un baiser très doux, infiniment tendre. Envahie par une foule de sensations délicieuses, elle ferma les yeux et s'alanguit contre lui. Le baiser de Miles s'approfondit, devint plus exigeant. Frappée de plein fouet par une vague de désir irrépressible, Chessie sentit quelque chose de chaud se nouer au creux de son ventre. Jamais son corps n'avait réagi avec une telle intensité à un baiser ! Ses doigts s'enfoncèrent dans l'épaisse chevelure de Miles, tandis que la pièce tournoyait autour d'elle.

Tout à coup, il détacha ses lèvres des siennes et relâcha son étreinte. Vacillante, elle crut que ses jambes allaient se dérober. Son cœur battait à tout rompre et ses seins pointaient douloureusement sous le fin tissu de sa robe. Rougissante, elle croisa les bras pour dissimuler ce signe flagrant de son désir. Après un silence qui lui parut interminable, la voix moqueuse de Miles lui fit l'effet d'un coup de poignard.

— Eh bien, je dois dire que c'était très… instructif.

— Pourquoi avez-vous fait cela ? demanda-t-elle dans un souffle.

— Pour satisfaire ma curiosité. Je me doutais que vous aviez du tempérament. A présent, j'en suis certain. Si nous n'avions pas une invitée, je prolongerais volontiers cet échange et je suis certain que vous ne protesteriez pas. Mais pour l'instant, je vais vous laisser cuisiner, ajouta-t-il avant de quitter la pièce.

Une fois seule, Chessie s'affaissa sur une chaise. Le goujat ! Si seulement elle pouvait faire ses valises et partir sur-le-champ ! Malheureusement, son contrat l'obligeait à poser un préavis en cas de démission. Comment allait-elle trouver la force de continuer à travailler pour Miles pendant encore quatre longues semaines ?

Le pire, c'est qu'il avait raison. Cette brève étreinte avait embrasé tout son être et s'il n'y avait pas mis fin, elle se serait donnée à lui corps et âme... Seigneur ! Qu'est-ce qui lui avait pris ? Désormais elle ferait preuve de la plus grande vigilance. Plus question de le laisser s'approcher d'elle !

Après avoir ramassé et lavé le batteur à œufs, elle essuya le carrelage. Puis elle versa la soupe fumante dans une soupière de faïence qu'elle emporta dans la salle à manger.

Quand elle eut terminé son assiette, Janet la complimenta.

— C'était très bon, Chessie. J'ignorais que vous cuisiniez aussi bien.

— J'ai été obligée d'apprendre.

— Bien sûr, commenta la jeune femme d'un air entendu. Ce changement de situation a dû être très pénible pour vous. Après tout, du temps de votre père, c'était vous qui aviez une gouvernante.

Elle poussa un soupir théâtral.

— Quelle tragédie ! A vrai dire, Robert se doutait que les choses finiraient par mal tourner pour votre père. Enfin, quand on commet des erreurs, il faut s'attendre à les payer un jour...

Suffoquée par l'impudence de leur visiteuse, Chessie demeura sans voix.

— Comment se fait-il que vous soyez venu vous installer dans ce trou perdu ? enchaîna Janet en se tournant vers Miles avec un sourire charmeur. J'avoue que sans les petits ennuis de santé de mon mari, je n'y aurais jamais remis les pieds.

— J'ai besoin de calme et d'espace, répondit Miles. Pour moi, Silvertrees est la demeure idéale.

— Surtout avec une aussi bonne cuisinière en prime ! approuva Janet.

Se penchant vers lui, elle ajouta sur le ton de la confidence :

— J'espère que je ne trahis pas un secret, mais figurez-vous que Chessie était très liée à mon beau-fils, autrefois. Au fait, vous n'avez pas encore rencontré Alastair, je suppose ?

— Non, mais je l'ai aperçu hier soir.

— Vraiment ?

— Il est venu rendre visite à Chessie et à sa sœur, expliqua Miles.

— Eh bien, il n'a pas perdu de temps, commenta Janet d'un air pincé.

Elle posa la main sur le bras de Miles.

— A votre place, je surveillerais Chessie de près. Si je me souviens bien, elle était folle d'Alastair. Quand comptez-vous annoncer vos fiançailles ?

— Jamais !

A peine ce cri du cœur lui avait-il échappé que Chessie se maudit intérieurement. Mais après le baiser de Miles, les insinuations perfides de Janet avaient achevé de l'anéantir. Elle était au bord de la crise de nerfs...

— Ce que Chessie veut dire, c'est que nous préférons célébrer cet événement dans l'intimité, intervint Miles d'un ton posé.

56

— Mais vous allez tout de même lui offrir une bague, j'espère, susurra Janet. Je suis peut-être vieux jeu, mais je trouve que c'est une tradition qui doit être respectée.

Tout en parlant, elle jouait négligemment avec l'énorme diamant qui étincelait à son doigt.

— Vous avez entièrement raison, répliqua Miles d'un ton affable. J'avais justement prévu d'emmener Chessie chez Atterbourne cet après-midi.

— Dans ce cas, je vais vous laisser, annonça Janet en se levant. Pas de dessert, Chessie, merci. Au revoir, dit-elle en serrant la main de Miles. Et à très bientôt, j'espère.

— A bientôt.

S'exhortant à rester polie jusqu'au bout, Chessie se leva à son tour.

— Je vous raccompagne.

Sur le seuil, Janet déclara d'un ton brusque :

— Suivez bien ce conseil, ma petite. Profitez de la situation tant que vous le pourrez, car ça ne durera pas. Vous n'êtes qu'une intérimaire. Miles Hunter est venu ici pour oublier Sandie Wells, mais vous vous apercevrez bientôt que quelques cicatrices et une canne n'ont diminué en rien son pouvoir de séduction. Vous n'avez aucune chance de le retenir.

Chessie releva le menton.

— Je ne doute pas que vous ayez une grande expérience des hommes, mais je n'ai pas besoin de vos conseils, rétorqua-t-elle d'une voix tremblante d'indignation. Au revoir, Janet.

Après avoir refermé la porte, elle s'y adossa, les jambes flageolantes. Décidément, Janet n'avait pas changé. La garce ! Comment pouvait-on être aussi méchante ?

Curieusement, à la colère froide qui l'avait envahie depuis le début du repas, s'ajoutait à présent une douleur aiguë qui lui vrillait le cœur. Un profond désarroi, déclenché par la mise en garde perfide de la jeune femme.

Ce qui était absurde. Que lui importait de n'avoir aucune chance de retenir Miles ? Elle n'en avait pas l'intention. Bien au contraire ! Et de toute façon, dans quatre semaines, elle quitterait Silvertrees…

5.

Quand Chessie regagna la salle à manger, Miles n'y était plus. Après avoir débarrassé la table et chargé le lave-vaisselle, elle resta un moment debout devant la fenêtre de la cuisine. Elle avait vécu dans cette maison toute sa vie et la quitter serait un véritable déchirement, mais elle n'avait pas le choix. La situation était en train de lui échapper. Miles provoquait en elle des réactions incontrôlables qui le rendaient extrêmement dangereux...

Cette Sandie Wells dont avait parlé Janet était-elle la femme qu'il avait failli épouser ? Il avait dû être très amoureux d'elle si c'était pour l'oublier qu'il était venu s'installer ici.

Réprimant un soupir, elle regagna son bureau. Après avoir tapé sa lettre de démission, elle l'imprima et la mit sous enveloppe. Elle la laisserait sur la table de Miles pour qu'il la trouve à son retour. Sans doute était-il sorti se promener, comme d'habitude après le déjeuner.

Mais à sa grande surprise, il se trouvait dans son bureau.

— Oh..., excusez-moi, balbutia-t-elle. Je croyais que vous étiez sorti.

Elle baissa les yeux sur l'enveloppe. La lui remettre en main propre n'était pas ce qu'elle avait prévu...

— Vous avez quelque chose à me donner ? demanda-t-il.

Elle déglutit péniblement.

— Ma démission.

Il ouvrit l'enveloppe et lut la lettre, le visage impénétrable.

— Puis-je vous demander ce qui motive votre décision ?

— Une foule de raisons.

— J'espère que ce qui s'est passé entre nous tout à l'heure n'en fait pas partie.

— Non. Enfin…, si.

— Avez-vous un autre emploi en vue ? s'enquit-il d'un ton neutre.

Etait-ce tout ce qu'il avait à dire ? se demanda Chessie, déroutée.

— Pas encore. Voulez-vous que je passe une annonce pour trouver quelqu'un pour me remplacer ?

— Je m'en occuperai.

Il resta silencieux un instant avant de reprendre :

— C'est dommage. Je suis convaincu que nous aurions pu former une bonne équipe.

— Je suis désolée, mais je suis incapable de considérer le mariage comme une simple association.

— Ah. Pour vous il est indissociable de l'amour, c'est cela ?

— Oui.

Il jeta un coup d'œil à sa montre.

Manifestement, l'entretien était terminé, se dit-elle. Et sa démission acceptée. Alors pourquoi se sentait-elle si désemparée au lieu d'être soulagée ?

— Nous avons rendez-vous chez Atterbourne dans une heure, déclara-t-il. Je vous attendrai devant la voiture.

— Atterbourne ? répéta-t-elle, stupéfaite. Je ne comprends pas.

— Nous devons acheter une bague de fiançailles, souvenez-vous. J'en ai parlé pendant le déjeuner.

— Etant donné les circonstances, vous ne voulez tout de même pas que nous continuions à jouer cette comédie ridicule ! s'écria-t-elle.

— Oh, mais si, répliqua-t-il d'un ton suave. Et à la fin de votre préavis, dans quatre semaines, nous pourrons feindre une dispute ou prétexter une incompatibilité d'humeur pour expliquer notre séparation. A vous de choisir.

— Je veux tout arrêter maintenant.

Il haussa les épaules.

— Cette option n'est pas envisageable. Je vous rappelle que pour votre prochain emploi, vous allez avoir besoin de références. Vous effectuerez donc votre préavis à mes conditions.

— C'est du chantage, protesta-t-elle d'une voix tremblante.

— Appelez ça comme vous voudrez.

Si elle était seule, elle lui dirait d'aller au diable et elle quitterait cette maison immédiatement ! songea-t-elle rageusement. Mais il y avait Jenny. Qui serait bientôt en pleine période d'examens… Elle baissa la tête.

— Courage, Francesca.

Le ton de Miles était sarcastique.

— Vous n'avez que quatre semaines à tenir. Je suis sûr que vous ferez face avec votre efficacité habituelle. Je vous attendrai devant la voiture dans une heure. Oh, et à propos, je crois qu'il serait temps de passer au tutoiement. C'est tout de même plus naturel pour des fiancés.

La mort dans l'âme, Chessie regagna le pavillon pour se changer. Seigneur ! Les quatre prochaines semaines promettaient d'être un véritable enfer...

La bijouterie Atterbourne occupait tout le rez-de-chaussée d'un immeuble, dans High Street. Le sol était recouvert d'un épais tapis et plusieurs tables anciennes entourées de fauteuils confortables permettaient aux clients de faire leur choix en toute tranquillité.

Chessie réprima un soupir de nostalgie en parcourant du regard le contenu d'une des vitrines. Sa première paire de boucles d'oreilles avait été achetée là, ainsi que le collier de perles que son père lui avait offert pour ses dix-huit ans. Malheureusement, comme tant d'autres choses auxquelles elle tenait, elle avait dû les vendre.

Elle se sentit stupidement intimidée quand M. Atterbourne s'avança vers eux en souriant et les conduisit jusqu'à une table sur laquelle avait déjà été déployé un petit tapis de velours bleu marine.

— Mademoiselle Lloyd, c'est un immense plaisir de vous revoir, surtout dans des circonstances aussi heureuses.

— Merci, murmura-t-elle en s'asseyant.

Le bijoutier déposa sur la table une mallette plate qu'il ouvrit cérémonieusement. L'assortiment de diamants qui s'y trouvait coupa le souffle à Chessie.

Seigneur ! La plus petite bague devait coûter plusieurs milliers de livres... Miles était complètement fou !

M. Atterbourne les lui fit toutes essayer, en indiquant pour chacune le nombre de carats et le type de taille — en brillant, en étoile, en rose. Elles étaient splendides mais Chessie n'avait pas le cœur à les apprécier. Jamais elle ne pourrait se résoudre à en choisir une...

— Que penses-tu de celle-ci, chérie ? demanda Miles.

Il lui montra un diamant si somptueux que celui de Janet aurait semblé minuscule par comparaison.

Lui décochant un regard indigné, elle constata qu'en dépit de l'air solennel qu'il affectait, une lueur amusée dansait dans ses yeux bleus.

La situation n'avait pourtant rien de drôle, songea-t-elle avant d'être soudain prise d'un fou rire irrépressible, et d'être presque aussitôt imitée par Miles.

Visiblement surpris, M. Atterbourne eut cependant un sourire indulgent.

— Mlle Lloyd préférerait peut-être des pierres de couleur, suggéra-t-il. J'ai quelques belles émeraudes, ainsi qu'un rubis particulièrement splendide.

Chessie se ressaisit. Que s'était-il passé ? se demanda-t-elle, atterrée. Ç'avait été plus fort qu'elle : elle s'était soudain sentie liée à Miles par une étrange complicité.

— Le choix est tellement difficile, confia-t-elle à M. Atterbourne.

Elle lança à Miles un regard suppliant.

— Sommes-nous obligés de nous décider aujourd'hui ?

— Oui, ma chérie.

Sa voix était douce mais ferme.

— Dans ce cas…, j'ai vu dans la vitrine en arrivant une aigue-marine qui me plaît beaucoup. Puis-je l'essayer ?

Miles arqua les sourcils.

— Une aigue-marine ? N'est-ce pas une pierre semi-précieuse ?

— On la considérait comme telle autrefois, déclara M. Atterbourne en se levant. Mais elle devient de plus en plus rare et par conséquent, elle gagne en valeur. La bague en question fait partie de notre collection de bijoux anciens. C'est une très belle pièce.

La bague glissa sur le doigt de Chessie comme si elle lui était destinée depuis toujours.

Miles l'examina avec une moue dubitative.

— Ce n'est pas à proprement parler une bague de fiançailles.

— C'est un choix peu conventionnel, reconnut prudemment le bijoutier.

— Tu m'as demandé de choisir. C'est celle-ci que je veux et pas une autre, décréta Chessie en défiant Miles du regard.

— Dans ce cas, nous la prenons.

Jenny n'allait pas manquer de lui poser des questions sur la provenance de cette bague, songea soudain Chessie. Comment allait-elle réagir quand elle lui annoncerait qu'elle était fiancée à Miles ? Car il était évident qu'elle n'allait pas pouvoir garder le secret très longtemps…

Réprimant un soupir, elle jeta un coup d'œil à son compagnon. La mine sombre, il semblait plongé dans ses pensées. Regrettait-il cet achat inconsidéré ? Si seulement il acceptait de mettre fin à cette comédie !

Mais dans la voiture, il sortit la bague de son écrin et se tourna vers elle.

— Donne-moi ta main.

C'était le moment de tenter de le fléchir ! se dit-elle. Si elle lui proposait d'aller expliquer à Janet que toute cette histoire n'était qu'une invention de sa part ?

Mais aucun son ne sortit de sa gorge. Comme hypnotisée, elle tendit la main. Et à son grand dam, un long frisson la parcourut quand Miles lui passa le bijou au doigt.

— Pourquoi avoir choisi celle-ci ? demanda-t-il.

— L'aigue-marine est ma pierre porte-bonheur. J'ai même eu un pendentif…

Elle s'interrompit brusquement. Pourquoi se confiait-elle ainsi ?

— Elle est très belle, reprit-elle. Vous… tu ne devrais pas perdre trop d'argent en la revendant.

— Il n'est pas question que je la revende. Elle est à toi.

Chessie en resta muette. Il avait perdu la tête ! Pourquoi lui ferait-il un tel cadeau ?

— Tu n'auras qu'à la considérer comme une compensation pour avoir eu le courage de jouer le rôle de ma fiancée.

Il fit une pause.

— Que voulais-tu me dire à propos de ton pendentif ?

Bien que celui-ci lui fût sorti de l'esprit, elle répondit spontanément, comme si cette conversation était toute naturelle.

— Il a été vendu avec le reste. Les huissiers ne nous ont laissé que le strict minimum. Tu as vu dans quel état se trouvait la maison quand tu l'as achetée.

Il hocha la tête d'un air grave.

— Ça a dû être très pénible.

— Oui. Mais curieusement, ce n'est pas la perte des bijoux, ni même des meubles, qui m'a causé le plus de chagrin.

— Quoi, alors ?

— Ils ont emporté mon cheval de bois. Je n'arrivais pas à croire qu'ils puissent prendre aussi des jouets ! Moi qui me faisais une joie de voir un jour mes enfants jouer avec…

— Les huissiers n'entrent pas dans ce genre de considérations, commenta-t-il en démarrant.

C'était la première fois qu'elle racontait cet épisode, se dit-elle, déconcertée. Elle n'en avait jamais parlé à personne. Pourquoi s'était-elle confiée à Miles ?

Ils étaient presque arrivés à Silvertrees quand il fit observer :

— Tu es bien silencieuse. J'espère que l'achat de cette bague n'a pas ravivé trop de souvenirs douloureux.

— Je pensais plutôt à l'avenir immédiat, avoua-t-elle. Je me demande comment je vais annoncer la nouvelle à Jenny.

— Tu n'as qu'à lui dire que tu as accepté de m'épouser par souci de sécurité. Dans quatre semaines, tu lui expliqueras que tu renonces parce que c'est finalement au-dessus de tes forces. Elle te croira. Après tout, ajouta-t-il d'un ton léger, comment une femme pourrait-elle à épouser un monstre ?

— Oh, Seigneur !

Chessie baissa la tête, tandis que la voiture s'immobilisait devant la maison.

— Tu es au courant...

Les joues en feu, elle ne pouvait se résoudre à affronter son regard.

— Je n'ai découvert ce surnom affectueux que tout récemment, plaisanta-t-il.

— Je suis désolée. Jenny n'a jamais accepté la vente de la maison. J'ai eu beau tenter de la raisonner plusieurs fois, elle ne peut s'empêcher de te tenir responsable de notre situation.

Il eut un sourire de dérision.

— Ne t'inquiète pas. Elle aura encore plus de raisons de m'en vouloir quand tu lui annonceras que je vais devenir son beau-frère.

Mon Dieu ! Comment allait-elle s'y prendre ? se demanda-t-elle en détachant sa ceinture de sécurité.

— Au fait, j'ai oublié de te prévenir que ma sœur s'était invitée pour le week-end, ajouta-t-il tandis qu'elle descendait de voiture.

— Mme Chubb m'a dit que tu attendais quelqu'un. Vient-elle avec sa famille ?

— Pas cette fois. Son mari emmène les enfants chez ses parents.

Il eut un sourire taquin.

— Elle est très impatiente de te rencontrer.

Abattue, Chessie se rendit dans le bureau. Il y avait un message de Vinnie Baxter, l'agent de Miles, sur le répondeur. Elle laissa un mot sur la table de ce dernier pour l'informer qu'il devait la rappeler, puis se rendit au pavillon.

A peine avait-elle ouvert la porte que Jenny surgit de la cuisine, visiblement hors d'elle.

— Ce n'est pas vrai ! Dis-moi que tu ne vas pas l'épouser !

Le cœur de Chessie se serra. Elle qui voulait lui annoncer la nouvelle avec ménagement… Comment Jenny pouvait-elle être au courant ?

Elle chercha à gagner du temps.

— Tu es en avance. Je croyais que tu allais à la chorale.

— La chorale ? s'exclama sa sœur en ouvrant de grands yeux.

Puis elle devint écarlate.

— Oh…, ça a été annulé. Mais ne change pas de sujet, Chess ! Es-tu devenue folle ?

— Calme-toi, s'il te plaît.

— On m'a dit que tu allais épouser le monstre !

— Combien de fois faudra-t-il te dire de ne pas l'appeler ainsi ? Qui t'a raconté ça ?

— Janet Markham. J'attendais le bus à Hurstleigh et elle m'a proposé de me raccompagner en voiture. Quand je lui ai dit qu'elle devait se tromper, elle m'a ri au nez. Dis-moi qu'elle a mal compris !

— Non, répondit Chessie en feignant un calme qu'elle était loin de ressentir. Elle a raison. Je suis fiancée à Miles.

Elle tendit la main pour montrer sa bague à Jenny.

— Mais j'aimerais savoir ce que tu faisais à Hurstleigh, poursuivit-elle. Pourquoi n'es-tu pas rentrée directement du lycée, si la chorale a été annulée ?

Jenny leva les yeux au ciel.

— Je ne suis plus une gamine ! J'ai le droit d'aller en ville si j'en ai envie. Mais dis-moi que ce n'est pas vrai, Chessie ! Comment peux-tu épouser un autre homme alors que tu es amoureuse d'Alastair ? C'est dément ! Surtout quand l'homme en question n'est qu'un monstre !

— Ça suffit !

Le ton impérieux de sa sœur sembla désarçonner Jenny.

— Tu ne parleras plus jamais de Miles de cette manière. Je te l'interdis !

— Mais...

— Je suis très sérieuse. C'est un homme généreux et je te prie de faire preuve de politesse à son égard.

— Généreux ! Quand a-t-il été généreux avec nous ? La seule chose qui l'intéresse c'est de te garder à son service parce que personne d'autre n'accepterait de travailler pour lui comme tu le fais. C'est un homme froid et insensible. Il a un cœur de pierre !

Chessie se mordit la lèvre. Miles, froid et insensible ? Ce n'était pas l'impression qu'elle avait eue quand il l'avait embrassée...

— Assez parlé de Miles. Dis-moi plutôt depuis quand tu fréquentes les pubs.

Jenny se mordit la lèvre.

— Comment es-tu au courant ?

— C'est Jim Fewston qui m'a prévenue. Il paraît aussi que tu as un petit ami. Pourquoi ne m'en as-tu pas parlé, Jenny ? Tu sais que je suis toujours heureuse de faire la connaissance de tes amis.

— Devant un thé le dimanche après-midi, je suppose ! Oh, Chessie je t'en prie !

— Puis-je au moins savoir son nom ?

— Zak, répondit Jenny à contrecœur. Zak Woods. Il travaille au garage à l'entrée du village.

Chessie s'efforça de dissimuler sa consternation. Dire qu'elle s'était imaginé qu'il fréquentait lui aussi le lycée… Il devait être beaucoup plus âgé que Jenny !

— Comment l'as-tu rencontré ?

— A la discothèque. Le soir de la Saint-Patrick.

Ça faisait plusieurs mois ! calcula Chessie, alarmée. Et Jenny lui avait caché cette amourette depuis tout ce temps !

— Jenny, ma chérie, tu passes tes examens dans une semaine, et tu sais à quel point c'est important. Ce n'est pas le moment de mettre ton avenir en péril.

Jenny se leva d'un bond.

— Comment oses-tu me donner des conseils alors que tu t'apprêtes à commettre la plus grosse erreur de ta vie ? lança-t-elle avant de sortir en claquant la porte derrière elle.

Eh bien, elle qui ne voulait surtout pas heurter Jenny de front, c'était réussi ! songea Chessie, complètement découragée. Si au moins cette vipère de Janet ne l'avait pas devancée, elle aurait peut-être réussi à discuter calmement avec sa sœur…

Mais il ne servait à rien de rester là à se morfondre, et de toute façon, elle avait du travail.

En regagnant la maison, elle vit un sac de voyage en cuir devant la porte d'entrée. La sœur de Miles était-elle déjà arrivée ? Elle trouva ce dernier dans son bureau. Vêtu à présent d'un complet gris, d'une chemise blanche et d'une cravate, il mettait des papiers dans son porte-documents.

— J'ai rappelé Vinnie, annonça-t-il. Elle veut que nous réglions plusieurs problèmes en suspens. J'ai donc décidé d'aller à Londres. Je reviendrai vendredi après-midi.

— Vendredi ? Tu vas dormir là-bas ?

Il eut un sourire ironique.

— Quel esprit de déduction, ma chérie !

— C'est la première fois que tu ne fais pas l'aller-retour dans la journée. Où vas-tu loger ?

— A l'appartement.

L'appartement dans lequel il avait vécu avec Sandie Wells, sans doute… Il devait être plein de souvenirs. Pourquoi avait-il choisi ce moment précis pour y retourner ?

— Je croyais que tu avais l'intention de le vendre.

— J'ai changé d'avis, répondit-il en fermant son porte-documents.

Elle resta pétrifiée. Pourquoi se sentait-elle anéantie par cette nouvelle ? Pourquoi avait-elle le sentiment absurde d'être soudain abandonnée ?

— Tu prends le train ? demanda-t-elle d'une voix incertaine.

— Non, j'y vais en voiture.

— Mais il est tard ! Et tu as eu une longue journée. Ce n'est pas prudent…

Arquant les sourcils, il lui lança un regard moqueur.

— Eh bien, il semble que nous ayons brûlé les étapes. Voilà que tu me parles comme une épouse.

Elle se mordit la lèvre.

— Je suis désolée. Ça ne me regarde pas, bien sûr.

— Que se passe-t-il ? Tu sembles tendue. Tu ne me feras pas croire que c'est uniquement parce que tu es inquiète de me voir prendre le volant.

— Je viens de parler à Jenny et ça s'est très mal passé.

— Je suppose qu'elle t'a fait remarquer qu'elle n'était plus une enfant.

— C'est à peu près ça, en effet.

— Elle a parfaitement raison.

— Que veux-tu dire ?

— Il est temps que tu la laisses se débrouiller seule, répondit-il d'un ton légèrement impatient. De toute façon, si elle réussit ses examens, elle partira à l'université et tu ne pourras pas l'y suivre pour continuer à la dorloter et à lui passer tous ses caprices.

— Je ne...

— Inutile de protester. Il n'y a qu'à voir la façon dont tu es habillée pour comprendre que tu te prives de tout pour pouvoir la gâter.

— Comment oses-tu ?

— J'ose parce que c'est la stricte vérité, même si elle est désagréable à entendre. Il faut que tu cesses de te culpabiliser vis-à-vis de Jenny. Si vous avez été obligées de vendre Silvertrees, ce n'est pas ta faute ! Essaie de penser un peu à toi, de temps en temps. Et laisse-la tenter des expériences. C'est en commettant des erreurs qu'on devient adulte.

— Peux-tu me dire ce qui fait de toi un expert dans ce domaine ?

— Il me suffit de me souvenir de mon adolescence et de celle de ma sœur. Je présume que la cause de friction essentielle entre vous est son petit ami.

— Elle l'a rencontré dans une discothèque le soir de la Saint-Patrick. Ça fait donc plusieurs mois qu'elle me cache son existence. Et il ne va même pas au lycée ! Il est mécanicien.

— Il a donc les moyens de l'emmener dans des pubs comme le White Heart. Ce qui augmente son pouvoir de séduction, bien sûr. Quant à ta désapprobation, elle lui donne de surcroît l'attrait du fruit défendu. Rien que de très banal, jusque-là.

Il fit une pause.

— Comment a-t-elle réagi à l'annonce de nos fiançailles ?

— Très mal.

— Ce n'est pas une surprise. Eh bien, en mon absence vous aurez peut-être l'occasion de discuter plus calmement. A présent, il faut que j'y aille.

Elle le suivit dans le hall, le cœur serré. Pourquoi se sentait-elle si perdue ?

— As-tu des souhaits particuliers en matière de cuisine pour ce week-end ?

— Je m'en remets à toi. Mais ne travaille pas trop. Essaie surtout de te détendre, tu en as besoin. A propos, ce n'est pas la peine de prévoir quelque chose pour le dîner de samedi. Lady Markham vient de téléphoner pour nous inviter à Wenmore Court.

Debout sur les marches du perron, Chessie regarda la voiture s'éloigner. Pourquoi ressentait-elle un tel vide, tout à coup ? C'était insensé !

A son grand dam, elle se rendit compte qu'elle était au bord des larmes.

6.

Tentant de se ressaisir, elle décida d'aller voir dans le bureau
de Miles s'il y avait des modifications à insérer dans le scénario. Dans l'état où elle se trouvait, seul le travail l'aiderait
à se calmer un peu. Du moins, il fallait l'espérer…

Malheureusement, il n'y avait qu'une vingtaine de pages
à corriger. Ce n'était pas ça qui allait l'occuper longtemps,
songea-t-elle sombrement.

Elle s'apprêtait à gagner son propre bureau quand elle vit
des morceaux de papier dans la corbeille. Prenant celle-ci pour
la vider, elle constata que c'étaient des fragments de l'enveloppe crème arrivée le matin même. Cette lettre serait-elle
la raison du départ subit de Miles pour Londres ?

A sa grande honte, elle examina les bouts de papier de
plus près pour s'assurer qu'elle avait vu juste. Jamais elle ne
s'était comportée de la sorte. Si la lettre avait été déchirée
et jetée à la corbeille elle aussi, se serait-elle mise à quatre pattes sur le tapis pour la reconstituer ? Etait-elle donc
tombée si bas ?

Et son geste était-il motivé par la simple curiosité ou
par un sentiment plus trouble ? Etait-il possible qu'elle soit
jalouse ? Non, c'était aberrant. Allons, il devenait urgent
qu'elle se reprenne.

Pourquoi ne pas commencer par une tentative de rapprochement avec Jenny, comme l'avait suggéré Miles ? Renonçant à vider la corbeille, elle la replaça à côté de la table, déposa les feuilles à corriger dans son bureau et regagna le pavillon.

Quand elle entra, Jenny était au téléphone.

— Non. C'est parfait, disait-elle. Je viendrai à vélo. A tout à l'heure.

Elle raccrocha et lança à Chessie un regard de défi.

— C'était Linda, déclara-t-elle. Elle veut que nous révisions ensemble ce soir et elle m'a invitée à dormir chez elle. Mais si tu ne me crois pas, tu peux appeler sa mère pour vérifier.

Chessie se mordit la lèvre.

— Dois-tu vraiment y aller ce soir ? Je pensais que nous pourrions dîner à la pizzeria à Hurstleigh. Et louer une cassette vidéo à regarder en rentrant.

Jenny secoua la tête.

— Il vaut mieux que j'aille réviser avec Linda. Tu dis toi-même qu'il est très important que je réussisse mes examens.

De plus en plus déprimée, Chessie se rendit dans la cuisine d'un pas traînant et brancha la bouilloire. Resserrer les liens avec Jenny s'annonçait plus difficile que prévu, se dit-elle en mettant du café instantané dans un bol. Miles avait sans doute raison : sa sœur arrivait à un âge où elle avait besoin de commencer à voler de ses propres ailes.

Elle poussa un profond soupir. La perspective de passer la soirée seule était vraiment démoralisante...

Tout en buvant son café, elle s'occupa l'esprit en composant des menus sophistiqués pour le week-end.

Sans la voiture, elle ne pourrait pas aller au supermarché, de l'autre côté de Hurstleigh, mais de toute façon, Miles préférait qu'elle fasse les courses dans les petites boutiques du coin, où il avait ouvert des comptes. Il lui suffirait donc de passer une commande et elle serait livrée le jour même.

Ce qui lui laisserait le temps de faire un peu de shopping pour elle. Le commentaire de Miles sur sa garde-robe l'avait vexée… Malheureusement, il fallait bien reconnaître qu'il avait raison. Elle s'achetait très peu de vêtements et choisissait de toute façon des tenues plus pratiques que seyantes. L'idée de s'offrir une robe à la mode ne l'avait pas effleurée depuis des années. Cependant, pour chercher un emploi, elle allait devoir soigner son apparence.

Pour l'instant, un bon bain chaud lui ferait le plus grand bien. Après s'être prélassée un long moment dans la baignoire, elle s'enveloppa dans son peignoir en éponge, dîna légèrement, puis s'installa devant la télévision. Il y avait au programme un policier qu'elle avait raté au cinéma.

Au bout d'un moment, cependant, elle éteignit. Les acteurs étaient certes remarquables, mais le film était beaucoup trop sombre et violent à son goût. Ce n'était vraiment pas le genre de film à regarder seule… Pour s'occuper, elle décida de se vernir les ongles.

Une fois qu'elle eut terminé, elle resta indécise. Que faire à présent ? Elle ouvrit le livre qu'elle avait emprunté à la bibliothèque, mais ne parvint pas à fixer son attention. Et à la radio, elle ne trouva aucune émission à son goût. Oh, c'était ridicule ! Elle était libre de faire ce qu'elle voulait et elle n'avait envie de rien !

Autant aller se coucher, décida-t-elle. Mais avant, il fallait vérifier si la maison était bien fermée, puisque Miles n'était pas là pour s'en charger. Après avoir fait le tour du rez-de-chaussée, elle décida de monter dans la chambre de ce dernier pour voir s'il avait bien fermé sa fenêtre. Il lui arrivait d'oublier, comme le faisait souvent remarquer Mme Chubb.

Effectivement, il l'avait laissée ouverte. Après avoir fermé la crémone, elle crut percevoir un mouvement et se figea. Mais elle comprit très vite que ce n'était que son propre reflet, pâle et fantomatique, dans le miroir accroché au mur.

Elle soupira de soulagement et resta immobile un moment, à attendre que les battements de son cœur se calment. C'était une pièce très masculine, songea-t-elle en promenant son regard autour d'elle. Peu de tableaux aux murs et aucun bibelot.

Obéissant à une impulsion soudaine, elle s'approcha du lit et le contempla, imaginant Miles endormi. Alors qu'elle se penchait pour lisser la taie d'oreiller qui n'en avait nul besoin, elle sentit l'odeur épicée de son eau de toilette. Le souffle coupé, elle recula d'un pas. Ce parfum était si évocateur que l'espace d'une seconde elle avait eu la sensation que Miles était là, sous le drap.

Décidément, elle perdait la raison ! Il était loin d'ici, dans une autre chambre, dans un autre lit. Et peut-être n'était-il pas seul...

Elle prit une profonde inspiration. Il était temps de regagner le pavillon et de faire taire son imagination débridée ! Mais ce fut plus fort qu'elle.

Personne n'en saurait jamais rien, après tout...

Dénouant la ceinture de son peignoir, elle laissa ce dernier tomber à terre et se glissa entre les draps. Puis elle enfouit son visage dans l'oreiller, respirant à pleins poumons l'odeur de Miles.

Le lin était doux contre sa peau et peu à peu, elle fut envahie par une paix délicieuse. Sa place n'était pas ici, elle le savait. Et pourtant, c'était le seul endroit où elle se sentait capable de trouver le sommeil cette nuit.

Quand elle se réveilla, le soleil entrait à flots par la fenêtre. Désorientée, elle s'étira avec volupté. Qui avait bien pu ouvrir les rideaux ? se demanda-t-elle. Puis se rappelant où elle se trouvait, elle se redressa d'un bond. Un coup d'œil sur le réveil lui apprit qu'elle avait dormi bien plus tard que d'habitude.

— Oh, non ! gémit-elle en se levant.

Et si Jenny avait finalement décidé de rentrer la nuit dernière ? Et si Mme Chubb était arrivée plus tôt ce matin ? Comment leur aurait-elle expliqué sa conduite ? Elle-même ne parvenait pas à comprendre ce qui lui était passé par la tête…

Toutefois, il y avait une éternité qu'elle n'avait pas aussi bien dormi, se dit-elle en refaisant soigneusement le lit pour effacer toute trace de son passage.

De retour au pavillon, elle prit une douche rapide, puis revêtit une jupe de coton marine et un corsage blanc. Avant de quitter sa chambre, elle ôta l'aigue-marine et la rangea dans son écrin, qu'elle dissimula dans un tiroir.

Mme Chubb ne manquerait pas de la remarquer. Or elle n'avait aucune envie de lui fournir des explications…

Quand la femme de ménage arriva, Chessie était en train de préparer le café.

— Après tout, même les écrivains ont besoin d'un peu de distraction de temps en temps, commenta Mme Chubb quand elle lui apprit le départ de Miles. Je vais en profiter pour faire sa chambre à fond.

L'employée de maison secoua la tête.

— Ce pauvre sir Robert n'a pas autant de chance ! Il doit arriver demain en ambulance, accompagné d'une garde-malade. Ce qui n'empêche pas Madame de ne penser qu'aux réceptions qu'elle va donner.

— Je suis certaine qu'elle est très inquiète pour lui, affirma Chessie en s'efforçant de prendre un ton convaincu.

D'ailleurs, sir Robert sera sans doute content d'avoir un peu d'animation autour de lui.

— Vous ne voyez jamais le mal nulle part, commenta Mme Chubb d'un ton plein d'indulgence. Vous êtes trop bonne.

Puis, armée de ses chiffons et de la boîte d'encaustique, elle quitta la pièce en hochant la tête d'un air entendu.

Chessie décida de trier ses vêtements. Il ne fallait surtout pas hésiter à faire le vide, se dit-elle avec détermination. Ne serait-ce que pour le symbole. Après tout, elle s'apprêtait à changer de vie. Et elle n'avait pas l'intention de continuer à jouer les femmes invisibles…

Quand elle eut terminé, sa garde-robe était pratiquement vide. Elle allait devoir puiser dans ses économies et peut-être même utiliser la carte de crédit qu'elle réservait aux imprévus.

Elle haussa les épaules. Miles avait sans doute raison, après tout. Il était temps qu'elle commence à prendre soin d'elle-même.

L'après-midi fut nuageux et quand Chessie sortit de la dernière boutique, il pleuvait.

En grimaçant, elle regretta de ne pas avoir pris son parapluie. Oh ! après tout, quelques gouttes n'allaient pas la tuer et un bus devait passer dix minutes plus tard.

Comme c'était agréable de ne penser qu'à soi pendant quelques heures ! songea-t-elle en remontant High Street. Il y avait si longtemps qu'elle ne s'était pas accordé ce plaisir… Son premier achat, aussi le plus coûteux, avait été une veste noire, impeccablement coupée. Ensuite, elle avait choisi deux jupes, l'une noire l'autre grise, et quelques corsages de couleurs contrastées. Puis une paire de chaussures noires à petits talons et un sac de cuir assorti.

Elle s'était également offert plusieurs pantalons de toile, quelques T-shirts pastel, deux robes d'été et tout un assortiment de dessous.

De ce point de vue, c'était un après-midi fructueux, se dit-elle. En revanche, dans les deux agences d'intérim où elle s'était présentée, on l'avait informée avec la mine de circonstance que la liste d'attente des postulants était déjà longue. Quant au prix des locations dans le quartier, il l'avait effarée.

Mais elle avait encore le temps, se dit-elle pour se rassurer. Elle finirait bien par trouver quelque chose.

Quand elle prit place dans la queue à l'arrêt de bus, la pluie tombait plus fort et elle commençait à avoir froid.

Et bien sûr, le bus était en retard… Une voiture qui arrivait en sens inverse ralentit, s'arrêta, et elle entendit quelqu'un héler son nom. Assis derrière le volant, Alastair lui faisait signe. Elle ramassa ses sacs et traversa la rue.

— Merci, dit-elle en montant à côté de lui après avoir posé ses achats sur le siège arrière.

Il jeta un coup d'œil aux noms inscrits sur les sacs et arqua un sourcil.

— Tu constitues ton trousseau ?

Son ton mordant la fit rougir.

— Non. J'avais juste besoin de vêtements.

Il mit le contact, puis resta immobile à contempler le va-et-vient des essuie-glaces.

— Ainsi, tu vas épouser Miles Hunter, déclara-t-il après un long silence. Voilà qui devrait résoudre tous tes problèmes.

Il darda sur elle un regard noir.

— Pourquoi ne m'en as-tu pas parlé l'autre soir, Chess ?

— Parce que Jenny n'était pas au courant.

— Janet le savait.

Elle se mordit la lèvre.

— Elle n'aurait pas dû en être informée. Ça m'a échappé devant elle.

— Pourquoi fais-tu cela, Chessie ? Tu ne peux pas être amoureuse de ce Miles Hunter et il y a fort à parier qu'il n'est pas amoureux de toi non plus.

Elle releva le menton.

— Comment peux-tu avoir la moindre idée de ce que nous éprouvons l'un pour l'autre ?

— Chessie, dit-il du même ton qu'il aurait employé pour parler à un enfant. Tu es très mignonne, mais il a vécu avec Sandie Wells, bon sang ! Ils formaient un couple très uni.

— C'est ce qu'on m'a dit, en effet, répliqua-t-elle avec agacement. Suis-je censée avoir entendu parler d'elle ?

— Certainement. Elle a été top model avant de devenir actrice. Une fille superbe avec des jambes interminables. Elle a tourné dans plusieurs séries télévisées.

— Je ne vois pas, déclara calmement Chessie. Il est vrai que j'ai eu d'autres sujets de préoccupation, ces dernières années.

— D'après ce qu'on raconte, elle a laissé tomber Miles Hunter après son accident pour épouser un magnat de la finance. Mais il serait encore très amoureux d'elle.

— Sans doute estime-t-il qu'il est temps de passer à autre chose.

— Arrête de te raconter des histoires ! Si elle revenait vers lui, il te laisserait tomber immédiatement.

Le cœur de Chessie se serra douloureusement.

— Pourrions-nous changer de sujet, s'il te plaît ?

— Oui, bien sûr. Je pensais simplement qu'il valait mieux que tu saches à quoi t'en tenir. Je n'ai pas envie que tu souffres. Or ça pourrait bien t'arriver.

Alastair avait raison. D'ailleurs, elle souffrait déjà. Atrocement. Comme si on venait de lui enfoncer un poignard dans le cœur...

Tandis qu'Alastair démarrait, elle baissa les yeux sur ses mains, crispées sur ses genoux. Chaque fois que Miles la regardait, il devait la comparer à la splendide créature qu'il avait perdue, songea-t-elle avec dépit. Il avait dû en être de même lorsqu'il l'avait embrassée...

Elle s'efforça aussitôt de chasser ce souvenir de son esprit. Il fallait absolument l'oublier ! Jamais plus elle ne devrait se laisser aller à s'abandonner dans les bras de Miles sous la torture exquise de ses lèvres. Jamais plus...

En aurait-elle le courage ? Miles avait su attiser le feu qui couvait en elle et dont elle n'avait jamais eu conscience auparavant. Un feu si intense que depuis, elle ne s'appartenait plus...

— Il faut que je prenne de l'essence.

La voix d'Alastair interrompit brutalement le cours de ses pensées. Quand il eut fini de faire le plein et qu'il fut parti payer, elle se rendit compte qu'ils se trouvaient au garage où travaillait Zak.

Plusieurs mécaniciens en bleu de travail s'affairaient autour des voitures en réparation, mais son attention fut retenue par un jeune homme grand et mince, aux traits réguliers mais à la mine sinistre. Comme s'il se sentait observé, il jeta un regard mauvais dans sa direction.

Chessie eut un pincement au cœur. Seigneur ! Pourvu que ce ne soit pas lui... Mais au même instant, quelqu'un appela « Zak ! » et il se retourna en lançant une obscénité.

Chessie porta la main à son cou. Mon Dieu ! C'était bien lui...

— Est-ce que ça va ? demanda Alastair en s'asseyant derrière le volant. Tu es d'une pâleur effrayante. Que se passe-t-il ?

— Rien, s'empressa-t-elle de répondre. J'ai un peu trop chaud.

— Veux-tu que je mette l'air conditionné ?

— Non, merci, ce n'est pas la peine. Comment va ton père ? demanda-t-elle en s'efforçant d'ignorer l'anxiété qui lui nouait l'estomac.

Alastair secoua la tête d'un air sombre.

— Son état est stationnaire. Je ne comprends pas pourquoi il tient tellement à revenir ici. Il était suivi par d'excellents médecins en Espagne. Et puis l'entretien de cette maison est ruineux. Il ferait mieux de la vendre.

— Mais c'est sa maison. Et un jour tu en hériteras.

— A vrai dire, la perspective de me retrouver avec une énorme bâtisse comme celle-ci sur les bras ne m'enchante guère. J'ai l'intention de m'installer à Londres. Il se peut même que je retourne aux Etats-Unis si une occasion intéressante se présente, ajouta-t-il en lui jetant un regard provocateur.

Sans doute attendait-il qu'elle manifeste une certaine déception. Après tout, elle l'avait aimé autrefois. Mais aujourd'hui, elle ne ressentait plus rien. D'ailleurs, elle n'avait même pas songé à se confier à lui, à l'instant. Pourtant, Alastair connaissait Jenny depuis toute petite. Pourquoi ne lui avait-elle pas expliqué ses craintes au sujet de sa cadette et la répulsion instinctive que lui avait inspirée Zak ? Qui mieux que lui pourrait la conseiller ?

Car il fallait absolument mettre un terme à ce flirt. Certes, Chessie pouvait comprendre que son genre de beauté un peu canaille puisse séduire une adolescente. Mais il y avait quelque chose chez ce Zak qui la glaçait. Et elle avait beau tenter de se raisonner, une sourde angoisse la rongeait depuis qu'elle l'avait vu.

— Veux-tu que je t'aide à porter tes sacs ? demanda Alastair quand ils arrivèrent à Silvertrees.

— Non, merci, répondit-elle en descendant de voiture. Ça va aller.

Après l'avoir remercié de l'avoir raccompagnée, elle rentra dans le pavillon.

Si seulement Miles était là ! C'était à lui qu'elle avait envie de parler de Jenny. Il comprendrait. Et il saurait trouver les mots pour la rassurer. Elle avait besoin d'entendre que ce n'était qu'un engouement passager. Qui laisserait sa sœur plus mûre et plus sage, sans avoir eu aucune conséquence dramatique.

Pourquoi ne pas lui téléphoner ? se dit-elle tout à coup.

Elle courut jusqu'à son bureau, trouva le numéro de l'appartement de Londres et le composa. Les sonneries se succédèrent. Si Miles n'était pas là, elle lui laisserait un message pour lui demander de la rappeler...

Mais soudain, on décrocha.

— Allô ?

Clouée sur place, elle resta muette de saisissement. C'était une voix de femme.

— Allô ? répéta la voix. Miles, il n'y a personne au bout du fil.

Chessie laissa retomber le combiné sur son support comme s'il était devenu brûlant. Puis elle s'adossa au mur et finit par s'accroupir, le cœur étreint par une détresse accablante. Ses pires craintes étaient confirmées... Qu'allait-elle devenir ?

7.

Pourvu qu'elle trouve la force de dissimuler son désarroi quand Miles arriverait avec sa sœur, se dit Chessie deux jours plus tard en préparant le dîner.

Les questions se bousculaient jour et nuit dans son esprit depuis ce coup de téléphone qui l'avait anéantie. La femme qui lui avait répondu était-elle Sandie Wells ? Et s'il avait renoué avec celle-ci, comment pouvait-il envisager d'épouser une autre femme ? Ça ne rimait à rien…

Cent fois elle avait tenté de se raisonner. Après tout, ce que lui avait proposé Miles n'était qu'un mariage de raison. Rien de plus. Pas une fois il n'avait été question de sentiments entre eux. Et de toute façon, elle avait refusé sa proposition. Très bientôt, elle quitterait cette maison et sortirait de sa vie pour toujours. Alors pourquoi réagissait-elle comme s'il l'avait trahie ? C'était ridicule.

Malheureusement, cela ne l'empêchait pas d'éprouver une souffrance qui dépassait toutes celles qu'elle avait endurées jusqu'à présent. Ce qui était un comble, étant donné tous les drames qu'elle avait vécus…

Après avoir fait chauffer de l'huile dans une cocotte, elle fit revenir les oignons qu'elle venait d'éplucher. Elle cuisinait depuis le début de la matinée et elle se sentait fatiguée. Pourtant, cette activité la détendait, d'ordinaire.

Mais aujourd'hui, le prochain retour de Miles la mettait dans tous ses états.

Elle avait fait le maximum pour accueillir dignement la sœur de celui-ci. Des bouquets de fleurs égayaient toute la maison et la table était déjà dressée dans la salle à manger. Couverts en argent et verres de cristal étincelaient de mille feux. Par ailleurs, grâce à Mme Chubb, une bonne odeur de cire d'abeille flottait dans l'air.

Chessie était déterminée à continuer à donner toute satisfaction à Miles pendant son préavis. Quoi qu'il arrive, elle continuerait à s'acquitter de chacune de ses fonctions avec le plus grand sérieux. Car elle aurait besoin de références pour son prochain emploi.

Non qu'elle ait quelque chose en vue, malheureusement. Elle avait épluché les petites annonces dans le journal local, mais quand elle avait téléphoné pour les quelques postes de secrétaire proposés on lui avait chaque fois répondu qu'ils étaient déjà pourvus. Elle s'était également renseignée sur un emploi de réceptionniste. Le salaire atteignait à peine la moitié de sa rémunération actuelle ! Impossible avec ça de louer un meublé tout en continuant à payer les études de Jenny...

Peut-être valait-il mieux abandonner l'idée de travailler dans un bureau et chercher une autre place de gouvernante ? Mais cette fois-ci, elle prendrait soin de choisir une vieille dame comme employeur...

— Comme ça sent bon ! s'exclama Mme Chubb en faisant irruption dans la cuisine. C'est une très bonne chose que M. Hunter ait invité sa sœur. Il va enfin y avoir un peu d'animation dans cette maison. Je disais justement à Chubb que c'était d'un calme mortel, ici. M. Hunter est si discret ! Qu'il soit là ou pas, on ne voit pas la différence.

Chessie eut un pincement au cœur. Si seulement elle pouvait en dire autant, songea-t-elle en ajoutant des morceaux de viande dans la cocotte.

— Madame Chubb, connaissez-vous un certain Zak Woods ? demanda-t-elle.

La femme de ménage eut une moue dédaigneuse.

— J'ai entendu parler de lui. Et pas en bien ! Pourquoi me posez-vous cette question ?

Chessie haussa les épaules.

— Oh, quelqu'un a mentionné son nom devant moi. Il est mécanicien, n'est-ce pas ?

— Pour l'instant. Mais il paraîtrait qu'il a déjà trempé dans plusieurs affaires louches. Si vous voulez mon avis, c'est un miracle qu'il ne soit pas en prison.

Dire qu'elle avait espéré se rassurer en interrogeant Mme Chubb…, songea Chessie, de plus en plus abattue, en versant du vin dans la cocotte.

En proie à une grande nervosité, elle regarda depuis le perron la voiture de Miles qui débouchait de l'allée. Essuyant discrètement ses paumes moites sur son jean, elle prit une profonde inspiration.

Presque aussi grande que son frère, Steffie Barnes avait les mêmes yeux saphir, mais sa chevelure était blonde.

— Je suis ravie de faire enfin votre connaissance, Francesca, déclara-t-elle avec un sourire chaleureux, anéantissant le dernier espoir de Chessie.

Cette voix n'était pas celle qui lui avait répondu au téléphone deux jours plus tôt…

— Je commençais à croire que vous n'existiez que dans l'imagination débordante de mon frère, poursuivit Steffie en se tournant vers Miles avec un sourire espiègle.

— Et moi, tu ne me salues pas ? demanda ce dernier en dardant sur Chessie un regard pénétrant.

Rougissante, elle s'approcha de lui et tendit gauchement la joue. Mais il lui saisit le menton et déposa un baiser sur ses lèvres.

— Tu as les yeux cernés, murmura-t-il. J'espère que c'est parce que je t'ai manqué.

S'il savait ! songea-t-elle en s'efforçant d'esquisser un sourire.

— Tu vois une autre raison ?

Seigneur ! Jamais elle n'aurait la force de jouer cette comédie pendant tout le week-end… Elle se tourna vers Steffie.

— Voulez-vous voir votre chambre avant de prendre le thé ?

— Avec plaisir, répondit la jeune femme. Mais je peux aussi aller faire un tour dans le jardin pour vous laisser le temps de vous retrouver, Miles et vous.

— Nous pouvons attendre, intervint Miles en riant. Fais-lui visiter la maison, Chessie. Je vais en profiter pour prendre connaissance de mon courrier.

Tandis qu'elles montaient à l'étage, Steffie déclara :

— Si vous saviez comme je suis heureuse depuis que j'ai appris vos fiançailles ! J'avais si peur que Miles se transforme en véritable ermite.

Chessie sentit ses joues s'enflammer.

— Tout est arrivé très vite. Je… je ne suis pas encore habituée à cette idée.

— Ne vous en faites pas. J'ai beau être mariée depuis dix ans, il m'arrive encore de regarder l'homme qui dort près de moi et de me demander qui est cet inconnu !

Elle poussa un cri extasié quand Chessie ouvrit la porte de la chambre.

— Quelle pièce ravissante !

— Je l'ai toujours beaucoup aimée, approuva Chessie en posant la valise de Steffie sur le lit.

— Etait-ce la vôtre… autrefois ? Miles m'a raconté ce qui vous était arrivé. J'espère que ça ne vous dérange pas que j'y dorme.

— Pas du tout. Vous avez raison, c'était ma chambre. Mais vous savez, le pavillon est très agréable également.

— Le pavillon ? s'exclama Steffie, visiblement stupéfaite. Vous n'habitez pas avec Miles ? Je veux dire… Etant donné que vous allez vous marier, je pensais…

Chessie déglutit péniblement. Allons bon ! Elle n'avait pas pensé à ce détail. Et manifestement, Miles n'avait pas dû y songer non plus…

— Je vis avec ma sœur cadette. Ça… complique un peu les choses, bredouilla-t-elle.

— Je croyais qu'elle était déjà adulte et elle-même amoureuse.

Steffie ouvrit sa valise et en sortit une robe qu'elle étala sur le lit.

— C'est très indiscret de ma part de vous poser cette question, poursuivit-elle, mais… vous n'avez aucune réticence vis-à-vis de Miles, j'espère ? Je veux parler de ses blessures. Elles lui ont déjà valu une grande déception amoureuse dont il a beaucoup souffert.

— Je sais. Il m'en a parlé. Ne vous inquiétez pas. Ça ne me pose aucun problème.

La sœur de Miles semblait charmante, mais sa franchise brutale était pour le moins déstabilisante…

Chessie promena son regard autour d'elle.

— J'espère que vous avez tout ce qu'il vous faut. Je vais vous laisser défaire votre valise et aller parler à Miles.

— Ne vous inquiétez pas, répliqua Steffie avec un sourire complice, je chanterai à tue-tête en descendant l'escalier.

88

Quand Chessie pénétra dans le bureau de Miles, celui-ci était debout devant la fenêtre.

— Je suis venue vous… te demander si je devais servir le thé dans le salon ou dans le jardin.

— Comme tu veux.

Le cœur de Chessie se serra. Il semblait fatigué. Lui aussi avait les yeux cernés. Mais ce n'était évidemment pas pour les mêmes raisons qu'elle…

— Es-tu content de ton séjour à Londres ?

Pourquoi cette question lui avait-elle échappé ? Et sur ce ton crispé, de surcroît… ?

Retenant son souffle, elle attendit sa réponse.

— Les réunions avec Vinnie et les éditeurs se sont bien passées.

Le ton de Miles était neutre. Visiblement, il était parfaitement à l'aise. Mais il n'avait aucune raison d'être embarrassé, puisqu'il ne lui avait jamais rien promis… Et qu'elle-même avait de toute façon refusé de l'épouser, se rappela-t-elle. Pourquoi oubliait-elle toujours ce détail ? Il avait tout de même son importance !

— Les trois prochaines années de ma vie sont planifiées, ajouta Miles.

Prenant un ton exagérément enjoué, elle lança :

— Ta nouvelle secrétaire va avoir beaucoup de travail !

Sans répondre, il s'avança vers elle. Sur la défensive, elle recula aussitôt.

Après l'avoir observée pendant un moment qui lui parut interminable, il se dirigea vers le canapé.

— Viens t'asseoir à côté de moi et explique-moi ce qui ne va pas. Je veux connaître la raison de cette mine défaite.

S'exécutant à contrecœur, elle se carra à l'autre extrémité du canapé, aussi loin de lui que possible.

— Eh bien ?

Ses yeux bleus la fixaient avec intensité.

— J'ai vu le petit ami de Jenny, annonça-t-elle.

— Il est venu ici ?

— Oh, non. Il était à son travail. Au garage à l'entrée du village.

— Tu es allée jusque là-bas à pied juste pour voir à quoi il ressemblait ?

Elle hésita.

— J'étais en voiture avec Alastair. Je suis allée faire du shopping à Hurstleigh et je l'ai croisé par hasard. Comme il pleuvait, il m'a proposé de me raccompagner.

— Charmante attention de sa part. Mais il est vrai que c'est un vieil ami...

Mieux valait ignorer cette réflexion sarcastique.

— Il s'est arrêté pour prendre de l'essence, reprit-elle. C'est à ce moment-là que je l'ai vu... Zak Woods, je veux dire.

— Et ?

— Ça peut paraître idiot parce que je ne l'ai aperçu qu'un bref instant, mais il m'a fait une mauvaise impression.

Elle leva vers Miles un regard plein d'anxiété.

— D'après Mme Chubb, il est compromis dans des affaires louches. Je suis très inquiète pour Jenny.

— A mon avis, c'est une amourette qui ne durera pas. Après une semaine à l'université, elle l'aura oublié.

Il fit une pause.

— Qu'y a-t-il d'autre ?

Comment pouvait-il savoir que ce n'était pas sa seule cause de tourment ? se demanda-t-elle, effarée.

— Je... je ne comprends pas ce que tu veux dire.

Ecarlate, elle baissa la tête. Seigneur ! La proximité de Miles la troublait au plus haut point. Pourvu qu'il ne se doute de rien...

90

— Je suis persuadé du contraire, rétorqua-t-il d'un ton posé.

Son regard scrutateur était toujours rivé sur elle.

— Je ferais mieux d'y aller, balbutia-t-elle. Il faut que je prépare le thé pour ta sœur.

— Steffie peut attendre. Moi pas.

Au moment où elle se levait, il la saisit par le bras et l'attira contre lui. Elle tenta de se dégager, en pure perte. Quand il captura sa bouche, toute velléité de résistance l'abandonna et leurs langues se mêlèrent en une joute sensuelle.

— Ma chérie, murmura-t-il contre ses lèvres. Ma douce…

Il couvrit son front de baisers, puis ses joues, ses paupières. Sa main descendit le long de son cou avant de s'immobiliser dans l'échancrure de son corsage. En murmurant des paroles apaisantes, il dégrafa lentement ce dernier. Puis il l'ouvrit et contempla ses seins qui palpitaient sous la dentelle blanche de son soutien-gorge.

— Ravissants, murmura-t-il d'une voix rauque en passant un doigt sous l'une des fines bretelles.

Dévoilant un globe laiteux, il referma la main dessus. Son pouce en caressa le bourgeon gorgé de désir, arrachant à Chessie un gémissement voluptueux. Parcourue de mille frissons, elle sentit une chaleur intense se répandre dans tout son corps. Quand il effleura son aréole dilatée du bout de la langue, elle ne put retenir un cri de plaisir.

Après avoir caressé longuement sa poitrine, il fit descendre la fermeture Eclair de son jean et glissa une main entre ses cuisses. Elle éprouva une émotion si violente qu'elle crut défaillir. Jamais elle n'avait rien ressenti de tel ! Cette chaleur moite au cœur de sa féminité… C'était comme si elle s'épanouissait sous la caresse brûlante du soleil, telle une fleur gorgée de nectar…

Miles la contempla d'un air ébloui. Ses yeux bleus étaient presque transparents et sa respiration aussi haletante que la sienne.

— Mon Dieu, Chessie, murmura-t-il d'une voix rauque. Si ma sœur n'était pas là...

Subitement, elle reprit ses esprits. Se redressant d'un bond, elle remit de l'ordre dans sa tenue.

Comment avait-elle pu faire preuve d'une telle impudeur ? Cette homme la rendait folle. Dès qu'il la touchait, une émotion étrange, primitive, naissait au plus profond d'elle-même et une force irrésistible la poussait à se donner à lui corps et âme.

Malheureusement, elle ne pouvait pas se permettre de céder à cet élan. Car de son côté, il ne convoitait que son corps. Et si elle voulait conserver le peu de raison qui lui restait, elle devait à tout prix garder ses distances jusqu'à son départ.

— Je suis désolé que nous soyons obligés de nous en tenir là pour cette fois, dit-il d'un ton plein de regret.

— Il n'est pas question que ça se reproduise. Sinon, je m'en irai sur-le-champ, préavis ou pas !

Il arqua les sourcils.

— As-tu vraiment besoin de jouer les vierges effarouchées ? demanda-t-il froidement. Ce n'est sûrement pas la première fois...

Il s'interrompit et l'observa attentivement avant de reprendre sur un ton tout différent.

— Si je comprends bien, tu n'as jamais... ? Comment est-ce possible ? Je croyais qu'Alastair Markham et toi...

Elle releva le menton.

— Figure-toi qu'il me respectait, lui.

Miles se leva et déclara d'une voix égale :

— C'est l'heure du thé, à présent.

Sans un mot, elle sortit de la pièce d'une démarche chancelante. Une fois qu'elle eut refermé la porte derrière elle, elle s'y adossa. Elle tremblait de tous ses membres et son cœur cognait si fort dans sa poitrine qu'elle avait l'impression qu'il allait exploser.

Seigneur ! Pourquoi lui avait-il fallu aussi longtemps pour se rendre compte qu'elle était amoureuse de Miles ? Car c'était bien là le nœud du problème. Inutile de se voiler la face plus longtemps…

En se redressant, elle constata avec consternation qu'elle avait mal reboutonné son corsage. Alors qu'elle y remédiait fébrilement, elle entendit du bruit. Steffie descendait l'escalier.

Il ne manquait plus que ça ! songea Chessie, au comble de l'embarras.

— Oh, excusez-moi ! s'exclama Steffie, manifestement amusée. J'ai complètement oublié de chanter.

Au prix d'un effort, Chessie parvint à esquisser un pâle sourire.

8.

Ce soir-là, Chessie eut une fois de plus beaucoup de mal à trouver le sommeil. En proie à des émotions contradictoires, elle ne cessait de se tourner et se retourner dans son lit.

Miles l'avait appelée « ma chérie ». Il avait même ajouté « ma douce » ! Partageait-il ses sentiments ? Non, c'était impossible. Ces mots tendres lui avaient été dictés par un désir purement physique, bien sûr. Et si elle ne voulait pas sombrer définitivement dans le désespoir, elle ferait mieux de ne pas se bercer d'illusions. D'ailleurs, ne lui avait-il pas affirmé que l'amour ne faisait plus partie de ses préoccupations depuis longtemps ? Et ce, le soir même où il l'avait demandée en mariage...

Oui, décidément, elle avait pris la bonne décision. Dès la fin de son préavis, elle sortirait pour toujours de la vie de Miles Hunter. Et d'ici là, elle devait impérativement trouver la force de lutter contre son attirance pour lui.

Elle enfouit son visage dans son oreiller. Allons, avec un peu de chance, la journée du lendemain serait moins stressante. Miles devait faire visiter la région à Steffie et elle avait refusé de les accompagner, prétextant une foule de choses à faire. Miles l'avait considérée d'un air dubitatif, mais il n'avait pas insisté. Elle serait donc hors de danger toute la journée.

Le soir, en revanche, pas moyen d'échapper au dîner à Wenmore Court... Si seulement la présence de Steffie pouvait inciter Janet à se montrer moins malveillante qu'à l'ordinaire !

Oh, pourquoi Miles avait-il accepté cette invitation ?

Le lendemain soir, elle décida de mettre une des robes qu'elle avait achetées à Hurstleigh. En soie framboise, elle était dotée d'un charmant décolleté bateau et lui tombait aux genoux.

Quand elle s'examina dans le miroir, elle eut du mal à se reconnaître. Mais ce n'était pas seulement à cause de la robe. Un rayonnement étrange illuminait son visage. Pourtant, son moral était loin d'être au beau fixe...

Dans le fond de sa garde-robe, elle trouva des sandales crème et un sac assorti. Des reliques d'une vie antérieure... Et dans un tiroir, elle dénicha un châle crème à longues franges, qu'elle jeta sur ses épaules.

A son grand soulagement, Steffie bavarda gaiement pendant tout le trajet en voiture. La proximité de Miles troublait tellement Chessie qu'elle était tout juste capable d'articuler quelques mots de temps en temps.

Wenmore Court était illuminé comme un arbre de Noël. Ce fut Mme Cummings qui leur ouvrit la porte, vêtue de l'uniforme bleu marine imposé par Janet. Cette dernière les attendait dans le salon, moulée dans une robe de velours pourpre. Ses lèvres et ses ongles étaient peints de la même couleur.

Elle avait tout d'une plante exotique, se dit Chessie. Vénéneuse, bien sûr...

— Miles, quelle joie de vous revoir ! susurra Janet d'une voix mielleuse. Et voici votre sœur, Mme Barnes, je suppose ? Mais ne soyons pas si cérémonieux. Appelons-nous par nos prénoms, si vous voulez bien. Oh, bonsoir, Chessie ! s'exclama-t-elle comme si elle venait de s'apercevoir de sa présence. C'est rare de vous voir si élégante. J'ai failli ne pas vous reconnaître !

Eh bien, cette peste n'avait pas renoncé à sa perfidie habituelle, songea sombrement Chessie.

— Comment va sir Robert ? demanda-t-elle.

— Il paraît qu'il fait des progrès, répondit Janet. Personnellement, je ne trouve pas, mais sa garde-malade l'affirme.

Elle se tourna vers Miles et Steffie.

— Le gros problème, c'est qu'il est incapable de gérer ses affaires. Or je n'ai pas de procuration. Ses conseillers juridiques sont en train de chercher un moyen de contourner cette difficulté, mais ça risque d'être long. Je vous avoue que c'est très contrariant.

Ecœurée, Chessie eut du mal à en croire ses oreilles.

Quelle impudence ! Cette femme n'avait donc aucune moralité ?

Janet se tourna de nouveau vers elle.

— Pourriez-vous aller jusqu'à l'aile Ouest, pour avertir Alastair que les invités sont arrivés ? Vous le trouverez dans la chambre bleue. Vous connaissez le chemin, après tout.

C'était une façon comme une autre de la rabaisser au rang de domestique, comprit Chessie. Tout en rappelant à Miles qu'elle avait été autrefois une habituée des lieux. Charmant...

D'une voix blanche, elle répondit :

— Oui..., bien sûr.

Au moment où elle arrivait devant la porte de la chambre bleue, une femme d'âge moyen en tenue d'infirmière sortit de la pièce, un plateau à la main.

96

— Puis-je vous aider ? demanda-t-elle.

— Je suis Francesca Lloyd. Une amie de la famille. Lady Markham m'envoie chercher son beau-fils.

— Chessie ? appela la voix d'Alastair. Entre.

Elle s'attendait à ressentir un choc, mais la vue de la silhouette avachie dans le fauteuil roulant lui coupa le souffle. Sir Robert était méconnaissable. S'efforçant de dissimuler son trouble, elle s'avança vers lui en souriant.

— Père, dit Alastair. Voici Chessie. Chessie Lloyd.

— Bonsoir, sir Robert, déclara-t-elle. Je ne sais pas si vous vous souvenez de moi.

Les yeux caves du malade posèrent sur elle un regard d'une intensité surprenante. Une étincelle s'y alluma et le vieil homme émit quelques sons gutturaux. Sir Robert l'aurait-il reconnue ? Elle prit une chaise et s'assit en face de lui. Posant une main sur les doigts décharnés, elle dit d'une voix douce :

— C'est agréable de vous voir de retour parmi nous. Vous avez manqué à tout le monde.

Elle entreprit de lui raconter d'un ton léger les menus événements qui avaient animé la vie du village pendant son séjour en Espagne.

Au bout d'un moment, Alastair l'interrompit d'un ton impatient.

— N'est-il pas temps que nous allions dîner, Chessie ?

Décontenancée, elle leva les yeux.

— Eh bien…, oui, mais…

— Mme Taylor attend. Elle doit préparer le lit de mon père pour la nuit. Et de toute façon, il ne comprend pas un mot de ce que tu dis, ajouta-t-il avec un haussement d'épaules.

— Comment peux-tu en être certain ?

Elle pressa doucement la main du vieil homme.

— J'espère que vous me permettrez de revenir vous voir très bientôt.

Au moment de quitter la pièce, elle se retourna pour lui faire un signe d'adieu. Son regard était toujours fixé sur elle, comme dans une prière muette. A moins que ce ne fût un effet de son imagination ?

Elle sourit à Mme Taylor, qui attendait dans le couloir.

— Excusez-moi si je vous ai retardée.

— Ne vous excusez pas. Ça lui fait beaucoup de bien qu'on prenne le temps de parler avec lui, répondit la garde-malade. Il comprend bien plus de choses qu'il n'y paraît, ajouta-t-elle avec un regard réprobateur en direction d'Alastair qui s'éloignait déjà.

Quand Chessie rejoignit ce dernier, il déclara d'un ton moqueur :

— Je ne te connaissais pas ce côté Mère Teresa. T'est-il venu depuis que tu es fiancée à un invalide ?

Elle lui jeta un regard scandalisé.

— Comment peux-tu dire une horreur pareille ?

— Désolé, Chess. Je suis un peu à cran. Pour être très honnête, le séjour de mon père ici ne se passe pas très bien.

— Vivre de nouveau dans une maison qu'il aime devrait lui être bénéfique, pourtant.

— Je ne suis pas convaincu qu'il ait conscience de l'endroit où il se trouve. Quoi qu'en dise cette garde-malade.

— Certaines personnes se rétablissent de façon spectaculaire…

— Oui, mais à quel prix ? coupa-t-il, visiblement agacé. Cette maison est un vrai gouffre financier. Quand je pense qu'il a eu plusieurs occasions de la vendre avant de partir pour l'Espagne ! Une chaîne d'hôtels était intéressée, ainsi qu'un promoteur immobilier. Il faudra bien s'en défaire un jour, de toute façon. Et pour ma part, j'estime que le plus tôt sera le mieux.

— Mais c'est ta maison de famille ! protesta Chessie. Les Markham y habitent depuis des générations !

— Eh bien, tu as devant toi un Markham qui a envie de vivre ailleurs.

Voyant qu'elle avait les larmes aux yeux, il se radoucit.

— Chessie, mon père serait beaucoup mieux dans un établissement de soins.

— Vraiment ? Je crois au contraire qu'il y serait très malheureux. Oh, quand je pense à l'homme qu'il était autrefois ! Je… je ne supporte pas de le voir dans cet état.

Alastair passa un bras autour de ses épaules et l'attira contre lui.

— Pauvre Chess, murmura-t-il. C'est terrible pour moi aussi, tu sais. Mais je suis persuadé que ce serait la meilleure solution pour lui.

Pour sir Robert ? se demanda-t-elle. Ou pour lui-même… et pour Janet ?

Brusquement, elle eut le sentiment qu'ils n'étaient pas seuls dans le couloir. Regardant autour d'elle, elle vit Miles, à quelques mètres d'eux. Appuyé sur sa canne, il les observait, le visage fermé.

Elle s'écarta précipitamment d'Alastair en rougissant.

— Miles…, je te présente Alastair Markham, balbutia-t-elle. Alastair, voici Miles Hunter, mon fiancé.

Ce dernier s'avança en boitant, la main tendue.

— Enchanté de vous connaître. Lady Markham vous informe que le dîner est servi.

— Excusez-nous de vous avoir fait attendre, mais Chessie et moi avions à discuter de certaines choses, répliqua Alastair en lui serrant la main. Bon, eh bien, je vais aller présenter mes plus plates excuses à ma belle-mère.

Quand il eut disparu, un silence tendu s'installa entre Miles et Chessie. Finalement, elle murmura :

— Ce n'est pas du tout ce que tu crois.

— Comment peux-tu savoir ce que je crois ? rétorqua-t-il d'un ton sec.

— Je le devine aisément. Mais tu te trompes. Son père va très mal. Il est presque entièrement paralysé et j'étais bouleversée. Alastair cherchait simplement à me réconforter, rien de plus.

Elle essuya ses joues mouillées de larmes.

— Je ferais mieux de me rafraîchir un peu avant de passer à table, ajouta-t-elle avant de s'éloigner précipitamment.

Le dîner ne contribua pas à lui remonter le moral. Janet se répandit en lamentations, évoquant avec une frustration manifeste la vie exaltante qu'elle menait en Espagne. De toute évidence, elle était très impatiente d'y retourner.

Ce qu'elle ne manquerait pas de faire, une fois que Wenmore Court aurait été vendu au plus offrant et que sir Robert serait casé dans une clinique privée ! songea Chessie avec indignation.

— Au fait, mon cher Miles, dit Janet, nous avons l'intention d'organiser une soirée pour le début de l'été, comme nous le faisions autrefois. Et j'aimerais qu'une célébrité intervienne à la fin du repas. Juste quelques mots. J'ai pensé à vous, bien sûr. Vous seriez parfait.

Elle lui adressa un sourire enjôleur.

— Dites-moi que vous acceptez.

— Non, je regrette, répondit-il. Je refuse systématiquement ce genre de proposition.

— Oh, s'il vous plaît ! insista-t-elle en minaudant.

— Je suis désolé, mais vous ne me ferez pas changer d'avis.

— Tant pis, dit la jeune femme avec un haussement d'épaules fataliste qui masquait mal sa déception.

— Ce sont vraiment des amis à vous ? s'enquit Steffie d'un ton caustique.

Chessie se repoudra nerveusement le nez. Le dîner était terminé et Steffie et elle en avaient profité pour s'éclipser dans la salle de bains.

— J'ai fréquenté Alastair, autrefois, expliqua-t-elle à contrecœur.

— Vraiment ? Etait-ce sérieux ?

— A l'époque, je le croyais. Mais ce n'était qu'une amourette d'adolescents qui n'a pas duré plus d'un été. Elle a tourné court quand sir Robert a envoyé Alastair dans une école de commerce aux Etats-Unis. Je pense qu'il n'approuvait pas cette idylle.

— Je vois.

Steffie vaporisa quelques gouttes de parfum sur ses poignets.

— Est-ce pour évoquer de vieux souvenirs avec Alastair que vous avez disparu aussi longtemps avant le dîner ?

— Non, bien sûr que non ! protesta Chessie, offusquée. J'ai rendu visite à son père.

Elle secoua la tête.

— Je ne suis même pas sûre qu'il m'ait reconnue. Il ne peut pas bouger... ni parler.

— Pauvre homme.

Steffie poussa un soupir.

— J'ai tellement peur que Miles ne perde un jour l'usage de ses jambes !

Le cœur de Chessie fit un bond dans sa poitrine.

— Pourquoi dites-vous ça ? demanda-t-elle, atterrée.

— Après son accident, il a fallu l'opérer pour lui retirer des éclats de mine. Mais l'un d'eux est resté incrusté si près de la colonne vertébrale que les médecins ont préféré ne pas y toucher.

Le visage crispé, Steffie semblait avoir de la difficulté à raconter cet épisode.

— Par la suite, ils l'ont informé qu'ils pourraient éventuellement tenter de l'enlever, mais que l'intervention serait très délicate et qu'il risquait de rester paralysé.

Elle frissonna.

— Sandie venait de le quitter et il était tellement perturbé qu'il a préféré ne pas tenter le coup. Mais je soupçonne que depuis quelque temps, il regrette cette décision. Je tremble à l'idée de ce qui pourrait lui arriver !

Chessie fut profondément ébranlée par cette nouvelle.

— Merci de m'en avoir parlé.

— Inutile d'aborder le sujet s'il ne le fait pas lui-même.

— Bien sûr, promit Chessie tandis qu'elles descendaient l'escalier.

Elle crut que la soirée ne se terminerait jamais. Dans le salon, elle trouva Janet installée à côté de Miles sur l'un des canapés. Penchée vers lui, elle lui parlait à voix basse, lui touchant le bras à la moindre occasion.

La mine maussade, Alastair feuilletait nerveusement les partitions posées sur le piano.

— Chessie, te souviens-tu du morceau à quatre mains que nous jouions ensemble ? demanda-t-il en brandissant une feuille. Si nous essayions de nouveau ?

— Oh, non, protesta-t-elle. Je… je n'ai pas joué depuis des années.

— Allez ! insista-t-il.

Il plaça la partition sur le pupitre et régla la hauteur du tabouret.

— Viens, ça va être amusant.

— Oui, pourquoi pas ? l'encouragea Steffie en souriant. Savais-tu que ta fiancée jouait du piano, Miles ?

— Non. Mais il est vrai que je ne sais pas tout d'elle, déclara ce dernier d'un ton sarcastique.

Se mordant la lèvre, Chessie rejoignit Alastair. C'était le genre de morceau qui paraissait beaucoup plus difficile qu'il ne l'était en réalité. Après un départ hésitant, elle s'en tira fort honorablement.

Tandis que les autres applaudissaient, Alastair l'attira contre lui et la serra longuement dans ses bras.

Pourquoi agissait-il de la sorte ? se demanda-t-elle, mal à l'aise.

— Quelle soirée ! lança Steffie, tandis que la voiture quittait Wenmore Court. Lady Markham s'est montrée très empressée avec toi, mon cher frère. S'entraînerait-elle à jouer les veuves joyeuses ?

— Je ne pense pas qu'elle ait besoin d'entraînement, ironisa Miles.

Lorsqu'ils arrivèrent à Silvertrees, Steffie monta aussitôt se coucher.

— Contente de ta soirée, Francesca ? demanda Miles quand sa sœur eut disparu.

— Contente ? Alors que je n'arrive pas à chasser de mon esprit l'image de sir Robert recroquevillé dans son fauteuil ?

A son grand dam, elle éclata en sanglots.

Il l'entraîna dans le salon et la fit asseoir sur le canapé. Après lui avoir donné un mouchoir, il lui apporta un verre de cognac.

Elle but une gorgée. Allait-il la prendre dans ses bras pour la consoler ? Oh, comme elle avait envie de se blottir contre lui !

Mais il s'installa en face d'elle.

— Es-tu certaine que c'est l'état de sir Robert qui t'affecte à ce point ?

— Oui. Ça peut paraître stupide, mais c'est pourtant le cas.

Sir Robert avait beau n'être que l'ombre de lui-même, le plus dur était de savoir que Janet et Alastair le considéraient comme un boulet et qu'ils avaient l'intention de le placer dans un établissement de soins. Où ils s'empresseraient de l'oublier, parce que Janet voulait retourner en Espagne et qu'Alastair avait trouvé du travail à la City ! Oh, comme ils étaient insensibles, tous les deux ! Alastair avait-il donc tant changé ou était-il déjà aussi égoïste à l'époque où elle le fréquentait ?

Cependant, il lui était encore plus insupportable d'imaginer Miles diminué, contraint de se déplacer en fauteuil roulant. Le récit de Steffie l'avait bouleversée et elle partageait à présent les craintes de la jeune femme. Mais comment l'expliquer à Miles alors qu'elle n'était pas censée être au courant ?

— Je suis désolée de m'être laissée aller, dit-elle en posant son verre.

Elle se leva et il en fit autant.

— Je te souhaite une bonne nuit, Francesca.

Elle le regarda, et tout à coup, son amour pour lui la submergea. Elle s'entendit demander d'une toute petite voix :

— Puis-je dormir avec toi, ce soir ?

Il y eut un long silence, puis, d'un ton posé, il déclara :

— Je ne crois pas que ce soit une bonne idée.

— Tu... tu n'en as pas envie ?

— Je ne pense pas être en mesure de t'apporter le genre de réconfort dont tu sembles avoir besoin ce soir. Crois-moi.

Anéantie, elle baissa les yeux. Il fallait absolument qu'elle quitte cette pièce avant de perdre tout contrôle d'elle-même en le suppliant de la garder près de lui !

— Chessie, il faut que tu comprennes…

— C'est très clair, coupa-t-elle d'une voix tremblante. Ne t'inquiète pas, je ne t'importunerai plus.

Puis elle quitta la pièce d'une démarche de somnambule.

9.

Comment allait-elle trouver le courage d'affronter Miles ? se demanda-t-elle le lendemain matin après une nouvelle nuit blanche. Aurait-elle la force de rester à Silvertrees jusqu'à la fin de son préavis ? Plus les jours passaient, plus la situation devenait intenable. Son amour pour lui menaçait de lui faire perdre tout sang-froid...

En tout cas, quel que soit son prochain emploi, il serait temporaire. C'était décidé : dès que Jenny entrerait à l'université, elle-même quitterait la région. Peut-être lui faudrait-il même envisager de s'installer à l'étranger ? N'était-ce pas son seul espoir d'oublier Miles ?

Certes, ce ne serait pas facile. Chaque fois qu'elle passerait devant une librairie, n'importe où dans le monde, elle aurait de grandes chances de voir en vitrine un de ses ouvrages. Et son souvenir reviendrait la torturer.

Mais peu à peu, elle s'habituerait. Elle s'endurcirait. Et puis un jour, peut-être, elle cesserait enfin de souffrir.

Pour l'instant, il fallait préparer le déjeuner et faire bonne figure devant Miles et sa sœur...

Lorsqu'elle arriva dans la maison, elle trouva la porte du bureau fermée et entendit le cliquetis de la machine à écrire.

Dans le salon, Steffie était étendue sur l'un des canapés, les journaux du dimanche étalés par terre près d'elle.

— Je croyais que le dimanche était un jour de repos, se plaignit la jeune femme. Pourtant, mon frère est enfermé depuis des heures dans son bureau et il ne laisse pas une seconde de répit à sa pauvre machine à écrire.

— Il en est à un moment crucial de son scénario, expliqua Chessie.

— Vraiment ? Je pensais que sa rage avait une tout autre cause. Vous êtes-vous querellés hier soir ?

Chessie déglutit péniblement.

— Non.

— Vous êtes sûre de ne pas vous être offusquée des avances que lui a faites notre charmante hôtesse pendant toute la soirée ? Et de son côté, il n'a fait aucune remarque sur l'empressement que vous a témoigné votre amour de jeunesse ?

— Non…, je vous assure.

Steffie eut une moue dubitative.

— Dans ce cas, il possède des trésors de compréhension dont je n'avais jamais soupçonné l'existence.

— Tout le monde change, vous savez.

— En d'autres termes, « Occupez-vous de vos affaires », commenta Steffie en se levant. Puis-je vous aider à préparer le déjeuner ? Je n'ai pas l'habitude de rester inactive.

Elle donna une petite tape amicale à Chessie.

— Ne vous inquiétez pas. L'interrogatoire est terminé.

Elle tint sa promesse et se révéla très efficace.

— Merci pour votre aide et votre compagnie, dit Chessie avec un sourire quand elles eurent terminé. C'est tellement nouveau pour moi d'avoir quelqu'un avec qui bavarder pendant que je cuisine !

— Et votre sœur ?

— Mon Dieu ! Vous ne verrez jamais Jenny aux fourneaux. D'ailleurs, je ne sais pas comment elle va faire quand elle sera à l'université.

— J'ai une bonne nouvelle pour vous, annonça Steffie d'un ton solennel. Très peu d'étudiants meurent de faim. Même la première année. Déjeunera-t-elle avec nous ?

— Non. Elle est chez une amie pour les dernières révisions. Ses examens commencent demain.

Pourvu qu'en fait elle ne soit pas en train de traîner avec Zak ! pria Chessie intérieurement. Ce serait un grand soulagement de se confier à Steffie et de lui demander son avis. Mais à quoi bon, puisqu'elle ne la reverrait probablement jamais ?

Comme la vie était injuste ! Elle aurait tellement aimé devenir amie avec cette jeune femme si chaleureuse…

— Voulez-vous prévenir Miles que c'est prêt ? demanda-t-elle à Steffie.

Il y avait de la soupe au chou en entrée, puis un rosbif accompagné de pommes de terre sautées et comme dessert, une tarte au citron meringuée. Dommage qu'elle se sente incapable d'avaler quoi que ce soit, se dit Chessie, l'estomac noué.

La voix de Miles la fit sursauter.

— Me fuirais-tu, Francesca ?

Sans tourner la tête, elle répondit sur un ton beaucoup moins détaché qu'elle ne l'aurait voulu :

— Pas du tout.

— Il faut que nous parlions.

— De ce qui s'est passé hier soir ? demanda-t-elle en remuant la soupe avec concentration. Il n'y a rien à dire.

— Je pense que si, au contraire, insista-t-il d'une voix douce. Je voudrais t'expliquer…

108

— Et moi, je ne veux pas de tes explications. Ni de ta compassion. Je ne suis pas la première personne à tomber amoureuse sans être aimée en retour. Je m'en remettrai.

Il fit un pas vers elle.

— Non ! s'écria-t-elle avec un mouvement de recul.

Il se figea, visiblement choqué.

Devant son air défait, le cœur de Chessie se serra. Mais très vite, elle se reprit et posa la soupière et les assiettes sur un plateau.

D'une voix cassante qu'elle ne se connaissait pas, elle déclara :

— Si tu veux bien aller t'installer à table avec Steffie.

Sans un mot, il tourna les talons et sortit de la pièce.

Elle le suivit avec le plateau. Bon sang ! Ce déjeuner s'annonçait comme l'un des plus pénibles de sa vie. Le visage de Miles, dur et fermé, semblait taillé dans le granit. Quant à elle, elle avait les nerfs à fleur de peau...

Après avoir jeté un coup d'œil à chacun d'eux, Steffie se lança d'un ton enjoué dans l'évocation de ses souvenirs professionnels. Journaliste, elle travaillait pour différents magazines et leur fit des portraits pleins d'humour de quelques-unes des personnalités qu'elle avait interviewées.

Chessie s'efforça de manger normalement et d'arborer un air à peu près serein. Mais plus le temps passait, plus elle sentait l'angoisse monter en elle. Bientôt Steffie s'en irait et elle se retrouverait de nouveau seule avec Miles...

Le moment tant redouté finit par arriver.

— Il est temps que tu m'accompagnes à la gare, cher frère, annonça Steffie en regardant sa montre.

Sur le seuil, elle serra Chessie dans ses bras.

— J'ai demandé à Miles de vous amener à la maison. Il faut que vous rencontriez mes deux voyous.

Baissant la voix, elle ajouta :

— Et ne vous inquiétez pas. Tout va s'arranger, vous verrez.

Tandis que la voiture s'éloignait, Chessie agita consciencieusement le bras, la mâchoire crispée à force de sourire. Puis elle rentra, débarrassa la table et remplit le lave-vaisselle. « Il faut que j'aie quitté cette maison avant le retour de Miles », ne cessait-elle de se répéter.

Une fois le ménage terminé, elle se changea. Après avoir enfilé un jean et un sweat-shirt, elle sortit discrètement par la porte de derrière et s'enfonça dans le bois de bouleaux qui jouxtait le jardin.

— Ils ont fait expertiser Wenmore Court, lui annonça Mme Chubb quelques jours plus tard. Madame et Alastair ont l'intention de vendre. Quel scandale ! Si sir Robert était dans son état normal, il les remettrait immédiatement au pas.

— Il fait des progrès depuis qu'il a des séances de kinésithérapie, dit Chessie. Mais c'est assez lent, bien sûr.

— Trop lent pour sauver Wenmore Court, commenta Mme Chubb d'un air sinistre. Et tout le monde n'est pas ravi que son état s'améliore, croyez-moi...

— Madame Chubb, il ne faut pas...

— Si je vous le dis ! coupa la femme de ménage d'un ton péremptoire. D'ailleurs, Mme Taylor a fait remarquer l'autre jour à Chubb qu'à part vous et M. Hunter, personne ne lui rendait visite. Même pas ses proches, si vous voyez ce que je veux dire.

Chessie, qui était en train de verser de l'eau dans la cafetière, faillit s'ébouillanter.

— Miles va voir sir Robert ? s'exclama-t-elle.

— Aussi régulièrement que vous. Il lui lit les journaux.

110

Et il ne lui en avait jamais parlé ! songea Chessie avec tristesse. Il était vrai que leur relation était redevenue strictement professionnelle et que leurs échanges étaient des plus limités. C'était très bien comme ça, d'ailleurs. Même si ça n'atténuait en rien la souffrance qui lui déchirait le cœur…

Heureusement, elle n'avait pas le temps de se lamenter sur son sort. Miles mettait les bouchées doubles pour terminer le scénario. Comme s'il avait l'intention de battre un record. Pour la première fois depuis qu'elle travaillait pour lui, elle avait même du mal à suivre le rythme.

Cependant, il s'accordait tout de même des pauses. A deux reprises, il était retourné à Londres et y avait passé la nuit. Et chaque fois, torturée par son imagination trop fertile, elle avait été incapable de fermer l'œil…

La sonnerie de la porte d'entrée la fit tressaillir au moment où elle traversait le hall avec le plateau du café. C'était Janet.

— Miles est là ? demanda celle-ci en entrant. Ah, je suppose que c'est pour lui, dit-elle en indiquant le plateau. Donnez-moi ça, je vais le lui porter.

— Il est en plein travail, objecta Chessie. Il ne faut pas le déranger.

— Ne dites pas de bêtises ! Vous devriez vous montrer moins possessive, ma chère.

Lui prenant le plateau des mains, elle se dirigea vers le bureau de Miles. Pleine d'appréhension, Chessie la suivit.

— Mon cher Miles, lança Janet en prenant une voix plaintive, Chessie prétend que vous êtes trop occupé pour me recevoir. Dites-moi que c'est faux, s'il vous plaît.

— Votre visite m'honore, répliqua-t-il en se levant. Apporte une autre tasse, Francesca, s'il te plaît.

— Il y en a déjà deux sur le plateau, répondit-elle. Je prendrai mon café dans mon bureau.

— Restez, Chessie, intima Janet en s'installant dans le canapé. Ma visite vous concerne également.

Sortant une enveloppe de son sac, elle la tendit à Miles d'un geste théâtral.

— Votre invitation à ma soirée.

— Merci, dit-il en arquant les sourcils. La poste serait-elle en grève ?

— Je tenais à vous la remettre en main propre, susurra Janet. Vous êtes invisible depuis deux semaines. J'espère que vous n'avez pas décidé tout à coup de vivre en ermite.

— Au contraire, je sors très souvent, répondit-il d'une voix suave. La plupart du temps pour me rendre à Wenmore Court, d'ailleurs. Cependant, il semble que nous nous manquions chaque fois.

Devant la mine ébahie de Janet, Chessie réprima un sourire. C'était la première fois qu'elle voyait celle-ci perdre contenance, et il fallait bien reconnaître que c'était un spectacle fort réjouissant…

Mais la jeune femme se reprit rapidement.

— Quel dommage ! s'exclama-t-elle. Il est vrai que je suis débordée en ce moment, avec tous ces préparatifs ! Je cours de tous les côtés. Figurez-vous que j'ai décidé d'organiser une tombola pendant le dîner.

Elle adressa à Miles un sourire enjôleur.

— Et cette fois, j'espère bien réussir à vous convaincre d'apporter votre contribution. Un exemplaire dédicacé de votre dernier roman, par exemple. Ça ferait un lot plus original que les bouteilles ou les gâteaux habituels.

— Volontiers.

Il prit un livre dans sa bibliothèque et griffonna son nom sur la page de garde.

— Parfait, déclara Janet avec un sourire satisfait. A présent, il faut que je trouve quelqu'un pour animer la tombola.

Elle fit une pause.

— J'ai pensé à Sandie Wells.

Le visage impassible, Miles servit le café et lui tendit une tasse.

— C'est votre soirée. A vous de décider.

Elle soupira.

— Je ne l'ai pas vue depuis des siècles, malheureusement. Je suppose qu'elle doit essayer de relancer sa carrière, la pauvre chérie, à présent que son mariage est en plein naufrage. Pourriez-vous lui transmettre ma requête, s'il vous plaît ?

Retenant son souffle, Chessie ne quittait pas Miles des yeux. Son visage était aussi impénétrable qu'à l'accoutumée.

— Vous feriez mieux de prendre contact avec son agent, Jerry Constant.

— Peut-être, acquiesça Janet, visiblement désappointée. Cela dit, je n'ai pas encore pris de décision définitive. Il se peut que j'anime la tombola moi-même.

Elle leva les yeux au ciel.

— J'avais oublié quelle corvée c'était d'organiser une soirée de ce genre ! Surtout que Mme Cummings n'est pas très coopérative. C'est pourquoi j'ai pensé à vous, Chessie. Je me demandais si vous accepteriez de mettre vos talents de cuisinière à mon service. Je devrais être en mesure de vous donner le nombre exact d'invités dans deux ou trois jours.

— Vous oubliez que Chessie travaille pour moi à plein temps, intervint Miles.

— Elle ne doit pas être si débordée que ça, objecta Janet. Et puis quelque chose me dit qu'elle est prête à saisir la moindre occasion d'aller à Wenmore Court. Alors si vous pouviez me la prêter pour quelques heures…

— C'est tout à fait impossible. Si Chessie a envie de se rendre à la fête, je l'y accompagnerai, mais il est hors de question qu'elle fasse la cuisine.

Il jeta à Chessie un regard interrogateur.

— Eh bien, chérie ? As-tu envie de te rendre à cette soirée ?

— Oui, bien sûr, répondit-elle d'un ton qu'elle espérait détaché.

La perversité de cette femme dépassait l'entendement ! songea-t-elle, effarée.

— Peut-être pourriez-vous demander à la patronne du White Heart de vous aider pour la cuisine ? suggéra Miles à Janet.

— Ses prix sont beaucoup trop élevés ! protesta celle-ci, manifestement très contrariée. D'autant plus que nous avons des charges énormes, à présent. Vous n'imaginez pas ce que coûtent cette garde-malade et toutes ces séances de kinési-thérapie, qui entre nous, sont totalement inefficaces.

— Ce n'est pas l'avis de Mme Taylor, objecta Miles d'un ton sec. D'après elle, votre mari a déjà fait des progrès remarquables. Or elle est bien placée pour en juger. Elle a travaillé avec sir Philip Jacks à la Kensington Foundation. C'est l'établissement le plus réputé du pays en matière de rééducation motrice.

Janet ne parvint pas à dissimuler son agacement.

— Je suis certaine qu'elle est hautement qualifiée. Simplement, je ne veux pas qu'elle donne de faux espoirs à mon mari.

— Il n'y a aucun danger. Si elle affirme que votre mari est en voie de guérison, vous pouvez la croire. Y a-t-il autre chose dont vous vouliez m'entretenir ? demanda-t-il d'un ton courtois. Voulez-vous encore un peu de café ?

— Oh, je ne voudrais pas vous déranger plus longtemps, déclara la jeune femme en se levant. J'ai moi-même des milliers de choses à faire.

Quand Chessie revint dans le bureau après l'avoir raccompagnée, Miles était en train d'examiner le carton d'invitation.

— Quand je pense qu'elle voulait que tu cuisines pour
elle ! lança-t-il, visiblement hors de lui. Que donnent tes
recherches d'emploi, à propos ?

— J'ai plusieurs pistes, mentit-elle.

Dans les deux agences où elle avait postulé pour un poste
de gouvernante, on lui avait répondu qu'elle était beaucoup
trop jeune.

— Tant mieux, commenta Miles d'un air distrait en se
rasseyant à son bureau.

Manifestement, il avait l'esprit ailleurs. Pensait-il à son
travail ou à des problèmes plus personnels ? De toute façon,
il était évident qu'il n'avait plus besoin d'elle…

Elle prit le plateau, mais avant de sortir, elle ne put s'empêcher de faire observer :

— Je ne savais pas que tu rendais régulièrement visite à
sir Robert.

Il arqua un sourcil.

— Ça te surprend ? Figure-toi que je suis capable de faire
preuve d'altruisme. J'ai même ramené ta sœur de l'école en
voiture, hier.

— Vraiment ? s'exclama Chessie, stupéfaite. Elle ne m'a
rien dit. J'ai l'impression que ses examens ne se passent pas
très bien.

— Elle semblait effectivement préoccupée. Cependant, elle
a été très polie. Ce qui est un énorme progrès…, ajouta-t-il
avec un sourire malicieux qui la fit fondre.

— Je n'arrive pas à croire que tu as donné ta démission !
s'écria Jenny. Où allons-nous vivre ?

— J'ai réussi à trouver une chambre meublée assez grande pour nous deux à Hurstleigh.

— Avec quel argent vas-tu payer le loyer ?

— Je vais travailler au White Heart, dans un premier temps. J'ai vu les Fewston ce matin. Ils ont besoin d'une aide-cuisinière. Ne t'en fais pas, on s'en sortira, affirma-t-elle avec un sourire contraint.

— Je n'arrive pas à le croire ! répéta Jenny. Juste au moment où je commençais à trouver Miles sympathique. Que s'est-il passé ?

— Nous… avons décidé d'un commun accord de rompre nos fiançailles, répondit Chessie d'une voix hésitante.

— En d'autres termes, il nous jette dehors ! Finalement, c'est moi qui avais raison. C'est bien un monstre !

— Pas du tout ! protesta Chessie avec véhémence. Je t'interdis de dire ça. Nous avons pris cette décision ensemble. Et de toute façon, je croyais que tu ne supportais pas de vivre ici.

— C'est quand même mieux qu'une chambre minable à Hurstleigh ! Puisque c'est comme ça, je vais demander aux parents de Linda s'ils peuvent m'héberger. Je suis sûre qu'ils seront d'accord. Et pendant les vacances, je travaillerai avec elle dans l'usine de son père. C'est lui qui me l'a proposé. Je vais les appeler tout de suite.

Chessie resta seule dans la cuisine. Après tout, si Jenny avait envie de voler de ses propres ailes, c'était le moment. Mais pourvu qu'elle réussisse ses examens !

Jetant un coup d'œil par la fenêtre, elle soupira. Le ciel était d'un bleu éclatant. Pas le moindre petit cumulus à l'horizon. Dire qu'elle avait prié pour qu'une tempête oblige Janet à annuler sa soirée… La perspective de se rendre à Wenmore Court au bras de Miles lui était odieuse. Car ce soir, pour tout le monde, elle serait sa fiancée…

Heureusement, elle avait appris par Mme Chubb que la tombola serait animée par la fille du député. Il lui serait au moins épargné de se retrouver face à Sandie Wells…

Cependant, ce n'était pas parce que Sandie Wells n'assisterait pas à la soirée qu'elle serait absente des pensées de Miles, se dit-elle sombrement. Il avait semblé très préoccupé toute la semaine. Etait-ce à cause d'elle ? Avait-il appris la fin de son mariage par Janet l'autre jour ? Ou était-il au courant depuis longtemps, pour la bonne raison que c'était elle qu'il retrouvait à chacun de ses séjours à Londres ? Oh, Seigneur ! Cette incertitude était minante ! Mais inutile de se torturer l'esprit avec des questions oiseuses. Quelles que soient les réponses, elles ne changeraient rien à son sort…

Elle s'attendait à trouver Miles en plein travail, mais quand elle entra dans son bureau, il était debout devant la fenêtre. Absorbé dans ses pensées, une fois de plus…

— J'ai apporté le courrier, annonça-t-elle.

— Laisse-le sur la table. Je le lirai plus tard.

— Tu n'as pas oublié que nous allions à Wenmore Court, ce soir ? demanda-t-elle après une hésitation.

Si seulement il pouvait lui annoncer qu'en fin de compte il avait décidé d'y renoncer parce qu'il avait trop de travail !

— Pas du tout. Je ne raterais ça pour rien au monde. D'ailleurs, j'ai quelque chose pour toi, ajouta-t-il en prenant un grand carton plat qui était caché derrière la table.

— C'est pour moi ? s'exclama-t-elle, stupéfaite. Dois-je l'ouvrir ?

Il eut un sourire amusé.

— Seulement si tu as envie de voir ce qu'il y a à l'intérieur.

Enveloppée dans du papier délicat, se cachait une robe de soie crème. En la dépliant, Chessie eut le souffle coupé. De coupe sobre, elle était d'une extrême élégance. Son corsage à fines bretelles se prolongeait par une jupe longue qui tombait en plis souples jusqu'aux chevilles. Une veste assortie complétait la tenue.

— C'est ta taille, précisa Miles. J'ai consulté Jenny.

La gorge nouée, elle contempla la robe pendant un long moment. Puis elle la remit dans le carton.

— Tu ne l'aimes pas ? demanda-t-il d'un ton inquiet.

— Elle est splendide…, mais je ne peux pas l'accepter.

— Vraiment ? En fait, tu n'as pas le choix, Francesca. Ton préavis n'étant pas terminé, nous sommes toujours officiellement fiancés. Or ce soir nous sortons ensemble, et je tiens à ce que ma fiancée soit très élégante. Tu porteras donc cette robe. Même si je dois te la mettre moi-même…

Elle leva vers lui un regard suppliant. Mais il resta inflexible.

— C'est un ordre, assena-t-il d'un ton ferme.

Elle ne se serait pas sentie plus mortifiée s'il l'avait giflée.

— Très bien…, monsieur, répliqua-t-elle d'une voix dont elle parvint par miracle à maîtriser le tremblement. Puis-je me retirer, à présent ?

— Oui. Et tu peux te considérer en congé pour le reste de l'après-midi. Mais sois prête dans le hall à 20 heures précises, s'il te plaît. Et avec le sourire. Après tout, tu n'en as plus pour très longtemps à me supporter, ajouta-t-il avec une ironie mordante.

— Heureusement ! rétorqua-t-elle en relevant le menton. Parce que c'est un véritable calvaire. Crois-moi, je compte les jours !

S'il s'imaginait qu'il était le seul à pouvoir se montrer blessant…

Pivotant sur elle-même, elle quitta la pièce à grands pas et pour la première fois depuis qu'elle travaillait pour lui, elle sortit en claquant la porte.

10.

Une fois prête, Chessie s'attarda devant son miroir. Miles était peut-être un mufle, mais il fallait reconnaître que cette robe était magnifique et qu'elle lui allait à ravir…

Dans l'après-midi, elle avait téléphoné au coiffeur de Hurstleigh et avait pu obtenir un rendez-vous grâce à une annulation de dernière minute. Prise d'une impulsion subite, elle s'était fait faire des mèches. Puis elle avait décidé de s'offrir de nouveaux cosmétiques.

Satisfaite de l'image que lui renvoyait le miroir, elle soupira d'aise. Ce serait sans doute la dernière soirée à laquelle elle assisterait avant bien longtemps et elle avait l'intention d'y paraître à son avantage. Pas pour faire honneur à Miles — ce goujat ne le méritait pas ! — mais pour son plaisir personnel…

Après un dernier coup d'œil dans la glace, elle quitta sa chambre. La porte de Jenny était entrouverte, mais la pièce était vide et il manquait plusieurs de ses affaires. Sans doute était-elle déjà partie s'installer chez Linda.

Il n'était pas encore 20 heures, pourtant Miles l'attendait déjà. Son cœur fit un bond dans sa poitrine quand elle le vit dans son smoking. Seigneur ! Quelle allure il avait !

Elle sentit ses joues s'enflammer sous le regard pénétrant de ses yeux clairs.

— Tu es très belle, déclara-t-il sobrement.

Sa voix était plus rauque qu'à l'ordinaire. Serait-il troublé ? se demanda-t-elle, tandis qu'un long frisson la parcourait. Pendant un moment qui lui parut interminable, ils se regardèrent en silence. Autour d'eux, l'air était chargé d'électricité.

Ce fut Miles qui rompit le charme.

— Nous ferions mieux d'y aller, annonça-t-il.

— D'accord, répondit-elle, le cœur serré.

Elle prit place dans la voiture, les mains crispées sur son sac. Se retrouver à côté de lui dans cet espace réduit la mettait toujours dans un état indescriptible…

Quand ils arrivèrent à Wenmore Court, plusieurs voitures étaient déjà garées devant les grilles.

Prenant une profonde inspiration, Chessie se prépara à affronter Janet, qui, tout sourire, accueillait ses invités à l'entrée de l'immense tente dressée dans le jardin. Elle était vêtue d'un fourreau de satin noir sans bretelles, qui couvrait à peine sa poitrine plantureuse et moulait son corps comme une seconde peau. Piquée au vif, Chessie constata que Miles promenait sur elle un regard appréciateur.

— Miles, mon cher, vous voici enfin, susurra Janet. Et cette chère Chessie qui a conservé une allure virginale, après tout ce temps. Comme c'est charmant !

Chessie frémit d'indignation. Décidément, ce chameau ne manquait pas une occasion de l'humilier ! Elle s'apprêtait à répondre vertement quand Miles l'entraîna parmi la foule.

— Je suis d'accord avec toi, c'est une fieffée garce, murmura-t-il. Mais ce n'est pas une raison pour t'abaisser à lui répondre. Viens plutôt boire une coupe de champagne.

La gorge sèche, Chessie vida sa coupe d'un trait. Miles la fit remplir de nouveau, mais demanda un verre d'eau minérale pour lui.

— Tu n'aimes pas le champagne ? demanda-t-elle en s'efforçant de boire sa deuxième coupe à petites gorgées.

— Si, mais je conduis.

— Nous pourrions rentrer à pied.

— Je tiens à garder les idées claires de toute façon, répondit-il, la mine sombre. Je flaire des problèmes.

— Tu crois qu'il risque d'y avoir de la bagarre ? demanda Chessie en promenant autour d'elle un regard étonné.

— Ce n'est pas à ce genre de problème que je pense, éluda-t-il. Mais regarde, quelqu'un essaie d'attirer ton attention.

Chessie regarda dans la direction qu'il lui indiquait.

— Seigneur ! Mme Rankin. Ça fait des années qu'elle ne m'a pas adressé la parole.

— Eh bien, ce soir, elle semble bien déterminée à le faire.

Mme Rankin et son mari furent les premiers d'un long défilé. Tout le monde semblait très désireux de saluer Chessie et son futur mari.

Confuse, Chessie prit conscience qu'elle était le point de mire de toute l'assemblée. Même si en réalité, les gens voulaient avant tout faire la connaissance du célèbre écrivain Miles Hunter, se dit-elle, sans illusions. Dès que la nouvelle de leur rupture se répandrait, plus personne ne s'intéresserait à elle.

Dès la première danse, les cavaliers se bousculèrent pour l'inviter. Se tournant vers Miles, elle hésita. Comment allait-il réagir, lui à qui ce plaisir était désormais inaccessible ?

Mais il l'encouragea en souriant :

— Vas-y, Chessie.

Elle s'élança sur la piste avec enthousiasme. Il y avait si longtemps qu'elle n'avait pas eu l'occasion de danser ! Au bout d'un moment, consciente qu'il ne la quittait pas du regard, elle ne put s'empêcher de lui envoyer un baiser. Mais il se détourna aussitôt et se perdit dans la foule.

Malgré une envie irrésistible de se précipiter derrière lui, elle s'abstint. Pourquoi s'exposer encore à une rebuffade ? se dit-elle amèrement. Puisqu'elle était sollicitée de toutes parts, autant continuer à danser. C'était si agréable !

Cependant, tous ses partenaires n'étaient pas des virtuoses. L'un deux, rouge et essoufflé, gesticulait comme un beau diable, et encore, à contretemps...

Tout à coup, Alastair, surgi de nulle part, se glissa entre eux.

— Désolé, Greg, je prends le relais.

Chessie ne lui rendit pas le sourire satisfait qu'il lui adressa, tandis que Greg s'éclipsait à regret.

— C'est très grossier de ta part, commenta-t-elle.

— Quel autre moyen avais-je de t'approcher ? Tu es la reine du bal, apparemment, ma chérie, dit-il en promenant sur elle un regard insistant. Cette robe est époustouflante !

— Merci, répondit-elle d'un ton neutre. C'est Miles qui me l'a offerte.

— Vraiment ?

Tandis que les premières notes d'un slow se faisaient entendre, il la plaqua contre lui, la serrant bien trop fort à son goût.

— Comme ton fiancé est généreux ! déclara-t-il d'un ton narquois. Mais que lui donnes-tu en échange ? A moi, tu ne m'as jamais rien accordé, si je me souviens bien. Tu étais plutôt avare de ton corps, à l'époque.

Incroyable ! Comment osait-il lui parler ainsi ?

— Ça ne regarde que moi, rétorqua-t-elle sèchement. Comment va ton père ? Je l'ai un peu négligé cette semaine. Mais Miles a presque terminé son scénario et j'ai eu beaucoup de travail.

Le jeune homme se rembrunit.

— Il est avec sa garde-malade préférée, j'imagine. D'après elle, il retrouve chaque jour un peu plus l'usage de sa main droite.

— Miles m'a dit qu'il réapprenait à écrire son nom.

— Oui, acquiesça Alastair d'un air maussade. Et ça ne m'arrange pas du tout !

Suffoquée, elle le fixa avec incrédulité.

— Parce qu'il risque de t'empêcher de vendre Wenmore Court ?

— Entre autres, oui.

— Comment peux-tu être aussi cynique ?

— Chessie, je t'en prie, ne sois pas dure avec moi. T'ai-je dit que te voir avec Miles Hunter me rend fou ? Je ne peux pas m'empêcher de me demander ce qui se serait passé si j'étais revenu quelques semaines plus tôt.

Que répondre à cela ? Devait-elle lui avouer franchement que ça n'aurait rien changé du tout ? Qu'elle avait compris depuis longtemps qu'ils n'étaient pas faits l'un pour l'autre et qu'elle venait encore d'en avoir la confirmation à l'instant ?

— Nous resterons toujours amis, déclara-t-elle d'un ton guindé.

Mais était-ce bien vrai… ?

— Est-ce tout ce que tu trouves à dire ?

Le ton d'Alastair était devenu pleurnichard.

Chessie ne savait plus quelle attitude adopter. La façon dont il la serrait contre lui devenait très embarrassante, et les gens autour d'eux commençaient à leur jeter des regards curieux.

S'efforçant de surmonter son exaspération, elle déclara d'un ton posé :

— Ça suffit, Alastair. Lâche-moi, à présent.

124

Puis, se dégageant d'un mouvement brusque, elle quitta la piste de danse.

Où était donc passé Miles ? Il n'était plus sous la tente, en tout cas. Ni dans aucun des groupes qui bavardaient dans le jardin.

Elle rentra dans la maison. Il ne s'était tout de même pas volatilisé… Sir Robert ! songea-t-elle tout à coup. Sans doute était-il allé le saluer.

Mais lorsqu'elle arriva dans l'aile Ouest, Mme Taylor l'informa qu'elle avait manqué Miles de peu.

— Mme Cummings est venue le chercher, mademoiselle Lloyd. On le demandait au téléphone, apparemment. Quant à sir Robert, il vaut mieux ne pas le déranger, il dort.

— Merci, balbutia Chessie, désorientée.

Qui avait bien pu appeler Miles à Wenmore Court ?

Dans la salle à manger, des membres du Women's Institute dressaient la table pour le dîner, sous la supervision de Mme Cummings. Lorsque cette dernière aperçut Chessie, elle se précipita vers elle.

— Mademoiselle Lloyd ! M. Hunter m'a chargée de vous dire qu'il a été obligé de s'absenter. Il reviendra vous chercher pour vous ramener chez vous.

— Où est-il allé ?

— Je ne sais pas. Il a reçu un coup de téléphone d'une jeune femme et il est parti aussitôt. Non, madame Hancock, dit-elle en se retournant, les desserts sur l'autre table, s'il vous plaît.

Chessie battit en retraite dans le hall, où le bruit de la fête lui parvenait, assourdi. Elle n'avait plus aucune envie de rejoindre les invités. Pour quelle raison Miles avait-il été obligé de partir si précipitamment ? Et qui était cette jeune femme ?

En tout cas, il n'était pas question de rester ici à l'attendre. Elle allait récupérer son châle et rentrer chez elle. Mme Cummings préviendrait Miles.

Une des chambres d'amis faisait office de vestiaire. Chessie prit son châle sur le lit et ressortit dans le couloir. Elle se dirigeait vers l'escalier lorsque la voix d'Alastair, provenant d'une des chambres, la fit tressaillir.

— Es-tu devenue folle à lier ? Pourquoi m'as-tu fait venir ici ?

Puis elle entendit un rire de gorge familier et se figea.

— Voyons, chéri, il n'y a pas si longtemps encore tu ne pouvais pas te passer de moi !

— Pour l'amour du Ciel ! C'est fini, tout ça. L'état de mon père s'améliore de jour en jour. Tu ne comprends donc pas ? D'après ce fichu spécialiste, il sera bientôt complètement rétabli. Et tu sais parfaitement ce que ça signifie. Il va me déshériter ! Et divorcer de toi.

Il n'était pas dans les habitudes de Chessie de se montrer indiscrète, mais elle avait l'impression que ses pieds étaient cloués au sol devant la porte entrebâillée de Janet.

— Et alors ? N'est-ce pas ce dont nous avons toujours rêvé. Etre libres ? Ensemble…

C'était la première fois qu'elle entendait de telles inflexions dans la voix de Janet, constata Chessie.

— Oh, je t'en prie ! répliqua Alastair, avec une irritation manifeste. Après tout, c'est toi qui nous as mis dans le pétrin. Si tu avais fait preuve de la plus élémentaire prudence, nous n'en serions pas là. Certes, mon père avait des soupçons depuis longtemps et c'est d'ailleurs pour cette raison qu'il m'a envoyé aux Etats-Unis. Mais il lui manquait des preuves. Comment as-tu pu être assez stupide pour lui en fournir ? Tu m'avais pourtant dit que tu brûlais systématiquement mes lettres !

— J'ai dû en oublier.

— Es-tu certaine que cet oubli n'était pas volontaire ? N'aurais-tu pas plutôt décidé de provoquer cette confrontation à laquelle tu me pousses depuis des années ?

— Tu ne peux pas m'en vouloir, plaida Janet d'un ton larmoyant. J'en ai assez de faire semblant !

— Alors tu t'es arrangée pour qu'il découvre la vérité, et ça a failli le tuer. Bon sang ! Est-ce que tu te rends compte de la gravité de tes actes ?

— Comment aurais-je pu prévoir ? Il a toujours eu une santé de fer.

— En tout cas, il faut que tu comprennes que c'est fini, Janet. Terminé !

— Tu n'es pas sérieux ! protesta-t-elle d'une voix où pointait l'hystérie.

— Si. J'ai d'autres projets et tu n'en fais pas partie. Avant tout, j'ai bien l'intention de me réconcilier avec mon père.

— Je suppose que c'est dans ce but que tu flirtais avec cette petite gourde de Francesca Lloyd, tout à l'heure ! Remarque, tu ne semblais pas avoir beaucoup de succès…

— Je finirai par la mettre dans ma poche, répliqua-t-il d'un ton suffisant. Quand elle finira par admettre que Hunter la mène en bateau, elle sera bien contente de pouvoir se consoler dans mes bras. Mais pour l'instant, il faut rejoindre les invités. Les gens vont finir par se demander où nous sommes passés.

Chessie tressaillit. D'une minute à l'autre, ils allaient sortir de la chambre et la surprendre ! Consciente qu'elle n'atteindrait jamais l'escalier à temps, elle se précipita dans le vestiaire.

Tremblant de la tête aux pieds, elle se laissa tomber sur le bord du lit, effarée. Janet et Alastair étaient amants ! Et ils l'étaient déjà durant ce fameux été où elle croyait Alastair amoureux d'elle !

Dégoûtée, elle était au bord de la nausée. Le monde n'était-il donc qu'infidélité et trahison ? Pauvre sir Robert ! Comme il avait dû souffrir...

Oh, pourquoi Miles n'était-il pas près d'elle ? Elle avait tant besoin de lui... Mais soudain son cœur se serra. Miles n'était pas meilleur que les autres. Il ne l'aimait pas. Qu'avait dit Alastair, exactement ? Que ce dernier la menait en bateau ?

Elle se leva et quitta la pièce. Dans le couloir, tout était calme, et la porte de la chambre de Janet était fermée. La voie paraissait libre. Après avoir descendu silencieusement l'escalier, elle sortit dans le jardin et s'en fut dans la nuit.

Quand elle arriva à Silvertrees, la maison était plongée dans l'obscurité. De toute évidence, Miles était occupé ailleurs avec sa mystérieuse correspondante. Cependant, il ne pouvait pas être parti à Londres. Sinon, il n'aurait pas dit à Mme Cummings qu'il reviendrait la chercher à Wenmore Court...

En rentrant dans le pavillon, elle alla directement à la cuisine pour brancher la bouilloire. Non qu'elle eût soif, mais c'était une occupation comme une autre. Une manière de tromper son anxiété...

Une fois son café prêt, elle l'emporta dans le salon et se pelotonna sur le canapé devant la télévision. Après quelques instants, en dépit de son agitation, elle s'assoupit.

Une heure plus tard, elle fut réveillée par un bruit de voix, et, à sa grande surprise, Jenny pénétra dans le salon, suivie de Miles.

Devant le visage défait de sa sœur et ses yeux noyés de larmes, elle s'écria :

— Que s'est-il passé ?

Jenny se précipita dans ses bras et éclata en sanglots.

— Oh, Chessie. J'ai été arrêtée !

— Arrêtée ? répéta Chessie, en regardant Miles.

— Non, pas exactement, précisa-t-il. Elle a juste été emmenée au commissariat de Hurstleigh pour répondre à quelques questions. Mais ne t'inquiète pas, elle est blanchie de tout soupçon. Aucune charge n'a été retenue... Du moins contre elle, ajouta-t-il après une hésitation.

Chessie fit asseoir sa sœur et lui prit les mains.

— C'est ce garçon avec qui tu sors, n'est-ce pas ?

Jenny hocha la tête.

— Chess, je te jure que je n'étais pas au courant de ce qu'il faisait. Je ne l'ai appris que ce soir. Linda et moi, nous sommes allées le retrouver au club Millenium. Il a voulu nous faire prendre des cachets. Linda était d'accord, mais je l'en ai empêchée. Alors Zak et moi nous avons eu une violente dispute. Il m'a traitée de tous les noms. C'était horrible ! J'ai raccompagné Linda chez elle et je suis retournée au club. Je voulais voir Zak, essayer de le raisonner. Mais quand je suis arrivée, je l'ai trouvé menottes aux poignets.

Elle étouffa un sanglot.

— Une fille à qui il avait vendu un cachet avait été transportée en urgence à l'hôpital. Quelqu'un a dit aux policiers que j'étais la petite amie de Zak et que j'étais avec lui plus tôt dans la soirée. Ils m'ont emmenée au poste, alors j'ai téléphoné à Wenmore Court et j'ai demandé à parler à Miles. Il est venu tout de suite et il m'a attendue pendant qu'on m'interrogeait. Ensuite, on m'a laissée partir.

— Oh, mon Dieu ! murmura Chessie, atterrée. Et cette pauvre fille qui a été hospitalisée... Comment va-t-elle ?

— Elle est en soins intensifs, intervint Miles. Mais elle devrait s'en sortir sans séquelles.

En murmurant des paroles apaisantes, Chessie caressa les cheveux de Jenny. Sa cadette semblait incapable de s'arrêter de pleurer.

— Elle devrait boire une boisson chaude et se mettre au lit, conseilla Miles.

Chessie se rendit dans la cuisine pour préparer une infusion. Lorsqu'elle revint dans le salon, Jenny s'était calmée et serrait le mouchoir de Miles dans sa main. Remerciant sa sœur d'un pâle sourire, elle prit le bol de tisane.

— Chessie…, je suis désolée… pour tout.

— Ce n'est rien, ma chérie. L'amour rend aveugle.

— Je ne suis pas sûre d'avoir réussi mes examens, avoua l'adolescente d'une toute petite voix. Qu'est-ce que je vais faire ?

— Nous nous soucierons de cela le moment venu, répondit Chessie, d'un ton qu'elle espérait assuré.

Qu'allaient-elles faire, en effet ? Si Jenny n'entrait pas à l'université à la prochaine rentrée, elle-même allait devoir reconsidérer tous ses projets.

Quand elle eut terminé son infusion, Jenny annonça qu'elle avait sommeil.

Chessie l'accompagna jusqu'à sa chambre.

— Puis-je faire quelque chose ?

— Non, merci, Chessie. Bonne nuit.

De toute évidence, sa sœur était très ébranlée, se dit Chessie en regagnant le salon. Si seulement elle pouvait l'aider…

Miles s'était assis à une extrémité du canapé, ses jambes étendues devant lui. Il avait ôté sa veste et sa cravate et ouvert les deux premiers boutons de sa chemise.

— Comment va-t-elle ? s'enquit-il.

— Pas très bien.

Il y avait de la place sur le canapé à côté de Miles, mais Chessie préféra s'installer dans le fauteuil qui se trouvait devant la cheminée. Malgré son inquiétude pour Jenny, elle ne pouvait s'empêcher d'être troublée par la présence de son compagnon.

— Ne t'inquiète pas trop, dit-il. Elle a reçu un choc, mais à mon avis, elle s'en remettra très vite.

— Mais si elle l'aimait vraiment...

Miles secoua la tête.

— Je pense qu'elle commençait à se poser des questions. Elle ne savait pas exactement ce qu'il faisait, mais elle était consciente que quelque chose clochait.

— Devra-t-elle témoigner contre lui ?

— Ce n'est pas certain. Les policiers semblent avoir suffisamment de preuves pour le faire condamner.

Chessie frémit.

— C'est... horrible.

Elle resta pensive un moment, puis demanda :

— Dis-moi... Pourquoi est-ce à toi qu'elle a téléphoné, et pas à moi ?

— Parce que la fois où je l'ai ramenée en voiture, je lui ai dit que si un jour elle avait besoin d'aide et qu'elle ne voulait pas t'inquiéter, elle pourrait compter sur moi. J'avais senti qu'elle était perturbée. Je pense d'ailleurs qu'un peu de stabilité ne lui ferait pas de mal et qu'il serait préférable que vous restiez ici encore quelque temps. Et que tu continues à travailler pour moi.

— Mais... il faudra bien que je finisse par déménager. N'est-ce pas reculer pour mieux sauter ?

— Peut-être. Néanmoins ça te laissera davantage de temps pour t'organiser. D'autant plus que j'ai prévu de passer quelques semaines à Londres. Tu n'auras donc pas beaucoup de travail.

— C'est... très gentil.

Et en même temps si cruel..., songea-t-elle, le cœur serré.

— Alors c'est réglé.

Après un silence, il ajouta :

— Je suis désolé de t'avoir abandonnée à Wenmore Court au milieu de la soirée.

— Ce n'est pas grave.

Baissant les yeux sur ses mains, elle fit tourner nerveusement l'aigue-marine autour de son doigt.

— Ton pressentiment s'est révélé juste, ajouta-t-elle.

— Pas tout à fait. Je pensais que c'était à Wenmore Court qu'il y aurait des problèmes.

— Justement. J'ai découvert ce soir qu'Alastair et Janet étaient amants depuis des années.

— Ah. Ça a fini par se savoir...

A ces mots, Chessie resta bouche bée.

— Tu étais au courant ?

Il hocha la tête.

— Tu te rappelles le soir où je t'ai emmenée dîner au White Heart ?

— Oui.

Chaque détail de cette soirée était gravé dans sa mémoire à tout jamais.

— Tu te souviens du couple qui flirtait dans une voiture sur le parking ? Quand tu m'as présenté lady Markham un peu plus tard, je l'ai tout de suite reconnue. Et le soir où nous avons dîné à Wenmore Court, j'ai également reconnu son compagnon...

Il posa sur Chessie un regard plein de compassion.

— Que s'est-il passé ? Alastair t'a tout avoué au clair de lune avant de te demander en mariage ?

Chessie baissa de nouveau les yeux sur ses mains.

— Il ne m'a rien avoué et il ne m'a pas non plus demandée en mariage.

— Vraiment ? Je pensais qu'il chercherait à t'utiliser pour rentrer dans les bonnes grâces de son père. Dans ce cas, comment as-tu appris… ?

— J'ai surpris une conversation entre Janet et lui.

— Pauvre Chessie. Que de révélations pénibles, ce soir… Tu as beaucoup de peine ?

— De la peine ?

— Eh bien… Tu es toujours amoureuse d'Alastair, n'est-ce pas ?

— Mon Dieu, non ! s'écria-t-elle, stupéfaite. Et depuis longtemps. En revanche, je croyais encore jusqu'à ce soir que Janet et lui se haïssaient. Quelle idiote je faisais ! Mais apparemment, leur grande passion est terminée.

— Il a décidé de la laisser tomber ? lança Miles avec une moue méprisante. Aurait-il enfin des problèmes avec sa conscience ?

— Oui. Parce que c'est après avoir découvert la vérité que son père a eu une attaque.

Miles hocha la tête d'un air songeur.

— La vérité peut provoquer des dégâts, en effet. Qu'en penses-tu, Francesca ? Estimes-tu qu'il vaut mieux garder certaines choses secrètes ou dire la vérité, quelles qu'en soient les conséquences ?

Elle déglutit péniblement.

— Ça dépend des secrets.

Oh, Seigneur ! Il était sur le point de lui parler de Sandie Wells… De lui révéler qu'ils avaient renoué… Elle ne le supporterait pas !

— J'ai quelque chose à t'avouer, Chessie.

— Oh, par pitié ! s'exclama-t-elle d'un ton qu'elle espérait enjoué. J'ai eu mon compte de mauvaises surprises pour ce soir !

— Comme tu voudras. Parlons d'autre chose, dans ce cas. Tu danses merveilleusement bien, le savais-tu ? Toutes tes inhibitions s'envolent dès que tu poses le pied sur la piste.

— Tu ne m'as pas regardée pendant très longtemps, objecta-t-elle en rougissant.

— Non. J'ai trouvé ça plus perturbant que je m'y attendais. Danser fait partie des activités que je ne peux plus assumer. Dans l'ensemble, je m'accommode assez bien de mon état, mais de temps en temps, la frustration me rattrape. J'aimerais tant pouvoir jouer au football avec les enfants que j'espère avoir un jour, ou encore porter mon épouse jusqu'à notre lit...

Troublée par les images que lui évoquaient ses paroles, elle déclara d'une voix hésitante :

— Tu as tes romans, une carrière que beaucoup de gens t'envieraient...

« Et la femme que tu as toujours aimée », ajouta-t-elle *in petto*, la mort dans l'âme.

— Et ça devrait me combler ? lança-t-il d'un ton sarcastique.

Il secoua la tête.

— Ce n'est pas le cas, Francesca. Mais tu n'as vraiment pas envie que je te parle de mes projets, n'est-ce pas ?

— Eh bien... Il est assez tard.

Elle se leva.

— Et nous avons eu tous les deux une soirée difficile. Tu sembles fatigué, d'ailleurs.

— Vraiment ?

Il l'observa à travers ses paupières mi-closes, un léger sourire aux lèvres.

— Pourtant, dormir est bien la dernière chose dont j'aie envie.

Incapable de détacher son regard de lui, elle balbutia :

— Je tiens à te remercier... pour ce que tu as fait pour Jenny, et...

Elle hésita.

— Et ?

— Et pour cette robe. Je n'en ai jamais eu d'aussi belle.

— C'est toi qui esbelle.

Il se leva et s'approcha d'elle.

— S'il te plaît... Il ne faut pas, protesta-t-elle d'une voix suppliante.

— Pourquoi pas ?

— Parce que...

— Tu n'en as pas envie ?

— Miles..., je t'en prie.

Il l'attira contre lui.

— Toute la soirée, j'ai rêvé de cet instant, avoua-t-il. Ne me repousse pas, s'il te plaît.

Elle fut parcourue d'un long frisson.

Oh, Seigneur ! Comment allait-elle trouver le courage de résister au désir qui la consumait ?

Mais après tout, si cette nuit était tout ce que Miles avait à lui offrir, pourquoi ne pas l'accepter comme un cadeau dont elle chérirait le souvenir à jamais ?

11.

Après avoir allumé sa lampe de chevet, Chessie se redressa et se tourna vers Miles. Malgré l'intensité de son désir pour lui, elle se sentait terriblement intimidée.

— Tu trembles, murmura-t-il en l'attirant contre lui. Suis-je si effrayant ?

— Non, pas du tout. C'est juste que…

— Que dans les contes de fées, la princesse tombe dans les bras du prince, et pas dans ceux du monstre ?

Son ton était léger, mais l'anxiété se lisait dans ses yeux saphir.

— Ne prononce plus jamais ce mot-là ! protesta-t-elle.

« C'est toi mon prince, mais je ne pourrai jamais te l'avouer », songea-t-elle avec tristesse.

Lui relevant le menton d'un doigt, il prit ses lèvres avec une infinie tendresse, tandis qu'elle s'abandonnait contre lui, alanguie. Il passa la main dans ses cheveux, descendit sur sa nuque et défit la petite agrafe de sa robe. Puis, très lentement, il ouvrit la fermeture Eclair. Les yeux fermés, Chessie restait immobile, le cœur palpitant, rassurée par la douceur de ses gestes.

Quand il fit glisser les fines bretelles sur ses épaules et que le tissu soyeux de sa robe ruissela le long de son corps pour tomber à ses pieds, elle fut parcourue d'un long frisson et leva instinctivement les mains pour couvrir ses seins nus. Mais il lui saisit doucement les poignets pour l'en empêcher.

— Chérie, s'il te plaît, supplia-t-il d'une voix rauque. J'ai besoin de graver dans ma mémoire le souvenir de ton corps.

Surprise, elle ouvrit les yeux et l'observa en retenant son souffle. Visiblement très ému, il promenait sur elle un regard extasié. A la lueur de la lampe, son visage était creusé d'ombres et la cicatrice qui lui barrait la joue prenait un relief étrange.

— Tu es si belle…, murmura-t-il.

Une appréhension diffuse envahit Chessie. Il y avait une pointe de regret dans sa voix. Comme s'il avait soudain décidé de renoncer.

Il n'en était pas question ! Elle ne le supporterait pas… Prenant sa main, elle l'entraîna vers le lit où ils s'allongèrent.

Il promena les doigts sur son visage, puis l'embrassa furtivement sur la bouche, les yeux, dans le cou, derrière l'oreille. Le corps parcouru de frissons langoureux, elle prit soudain conscience qu'il était encore tout habillé alors qu'elle était presque entièrement nue. Timidement, elle avança la main pour déboutonner sa chemise, mais il l'arrêta en murmurant :

— Plus tard.

— Pourquoi ?

— Je veux d'abord m'occuper de toi, répondit-il avant de l'embrasser, effleurant du bout de la langue ses lèvres offertes.

Nouant les bras sur la nuque de son compagnon, elle enfonça ses doigts dans son épaisse chevelure. Les mains de Miles se mirent à parcourir les monts et les vallées de son corps, faisant jaillir des étincelles de plaisir qui embrasèrent tous ses sens. Quittant ses lèvres, sa bouche experte descendit le long de son cou, puis continua sa progression vers ses seins, dont il titilla alternativement les pointes tendues, lui arrachant des gémissements langoureux.

Enveloppant la rondeur d'une cuisse, le galbe d'une hanche, ses mains continuèrent leur progression, tandis qu'elle-même ondulait sous ses caresses, transpercée par des éclairs de plaisir foudroyant. Glissant les doigts sous la fine dentelle de sa culotte, il trouva sa fleur humide encore secrète et commença de l'honorer avec une habileté diabolique.

Elle laissa échapper un long gémissement modulé, tandis que sa féminité pulsait d'une vibration moite et brûlante. Son esprit vacilla sous l'intensité du plaisir sauvage qui faisait frémir chaque parcelle de son corps. Aux caresses expertes des doigts de Miles répondaient en écho celles de sa bouche, qui tour à tour mordillait, aspirait, léchait les pointes de ses seins durcies par le désir, l'emportant dans un tourbillon de sensations si intenses qu'elles en étaient presque insupportables. Puis soudain, un plaisir aigu, inconnu, miraculeux, la foudroya de part en part. Un cri puissant lui échappa, tandis qu'elle était emportée par un raz-de-marée balayant tout sur son passage.

Plus tard, quand elle revint peu à peu à elle, Miles murmura :

— As-tu peur ?

Elle secoua lentement la tête.

— Je n'ai peur que de moi-même.

Car dans ses bras, elle ne s'appartenait plus. Et le pouvoir qu'exerçaient sur elle ses doigts et ses lèvres expertes avait quelque chose d'effrayant ! Mais comment résister au désir inouï qui déjà s'emparait de nouveau d'elle ?

Riant doucement, Miles éteignit la lampe.

Dans l'obscurité, un bruissement d'étoffe lui révéla qu'il se déshabillait. Puis elle sentit sa peau nue contre la sienne, douce et chaude.

Capturant sa bouche, il lui prit la main et la guida jusqu'à sa virilité pleinement éveillée qui pointait contre sa propre cuisse. Pour la première fois de sa vie, elle maudit son inexpérience. Elle n'avait qu'une seule nuit à passer avec Miles, et elle n'était pas certaine d'être capable de lui rendre le plaisir qu'il lui donnait…

— J'ai peur de te faire mal, chuchota-t-elle.

Elle sentit qu'il souriait contre sa peau.

— Si tu me fais mal, je te promets de crier, plaisanta-t-il.

Elle se mit alors à le caresser, lentement, lascivement. Bientôt, elle sentit la respiration de son compagnon s'accélérer tandis qu'un gémissement rauque s'échappait de ses lèvres.

— Oh, mon Dieu…, c'est si bon, murmura-t-il.

Elle s'apprêtait à accélérer la cadence de son geste lorsqu'il l'arrêta.

— Non, je ne veux pas que ça se passe comme ça, Chessie. Je veux te faire l'amour.

Alors, reprenant l'initiative, il la couvrit de baisers fiévreux tandis qu'elle sentait une chaleur intense se répandre dans tout son corps. Jamais elle n'aurait cru éprouver un jour une sensation aussi exaltante ! Quand il se présenta devant le cœur brûlant de sa féminité, elle noua d'instinct les jambes autour de ses reins. D'un mouvement lent et doux, il entra en elle, lui arrachant un petit cri de douleur et de plaisir mêlés.

Aussitôt, il s'immobilisa.

Ondulant lascivement, elle implora :

— Ne t'arrête surtout pas !

Il se mit alors à aller et venir lentement en elle en lui murmurant des mots tendres à l'oreille. Elle s'abandonna au rythme enivrant que lui imprimaient ses reins et peu à peu, la danse ancestrale de leurs deux corps confondus s'accéléra, les emportant dans un tourbillon inexorable, jusqu'au moment où, n'y tenant plus, elle s'entendit supplier d'une voix rauque qu'elle ne reconnut pas :

— Miles, je t'en prie…

Puis soudain, sur un ultime mouvement de Miles, ce fut comme si le monde chavirait. Au moment crucial, leurs regards éperdus se croisèrent, se noyèrent l'un dans l'autre. Le plaisir les cueillit en même temps et la dernière pensée de Chessie, tandis que Miles criait son nom, fut qu'ils ne formaient qu'un seul être et qu'ils étaient faits l'un pour l'autre.

Elle revint sur terre un long moment plus tard, épuisée et comblée, la tête sur le torse puissant de Miles. Si seulement le temps pouvait s'arrêter ! Elle resterait volontiers ainsi pour l'éternité… Mais tout à coup, elle prit conscience que Miles ne semblait pas partager ce sentiment de plénitude. Il paraissait même très tendu… Et, les dents serrées, il essayait de bouger avec précaution.

Elle se redressa.

— Miles, mon chéri, qu'est-ce qui se passe ?

— Rien, répondit-il d'un ton crispé.

— Oh, c'est ton dos, n'est-ce pas ? Je n'ai pas… Je ne me suis pas rendu compte. Tu souffres beaucoup ?

— Un peu…

— Je vais aller te chercher quelque chose. Des cachets…, dit-elle en allumant la lampe.

Changeant précipitamment de position, il se couvrit avec le drap.

— Non, je n'ai besoin de rien. Eteins la lumière, s'il te plaît.

L'espace d'un instant, elle resta interdite. Puis elle se rappela ses cicatrices. Qui avaient sonné autrefois le glas de son grand amour… Il fallait absolument faire quelque chose !

— Miles, tu m'as vue nue. Il est juste que je réclame le même privilège, dit-elle d'une voix douce.

Se penchant sur lui, elle déposa un baiser sur sa bouche, puis elle fit courir ses lèvres le long de la profonde balafre sur sa joue, descendit dans son cou, puis sur son torse puissant.

Repoussant le drap, elle promena ses doigts sur son ventre, dont les muscles se contractèrent. Il avait un corps magnifique, constata-t-elle. Fin et athlétique à la fois. Poursuivant leur exploration, ses doigts rencontrèrent sur sa hanche une première cicatrice.

— Chessie…

— Chut…, murmura-t-elle en posant un doigt sur ses lèvres.

Elle rabattit le drap et découvrit entièrement son corps, exposant les sillons de chair meurtrie qui marquaient sa cuisse. Elle le sentit se raidir. Nul doute qu'il appréhendait sa réaction, guettant le moindre mouvement de recul, la plus légère hésitation…

Après avoir effleuré les cicatrices d'une main caressante, elle se pencha pour embrasser doucement chacune d'elles. Il resta silencieux, mais au fur et à mesure que ses lèvres et sa langue s'enhardissaient, elle sentit qu'il se détendait.

Au bout d'un moment, il déclara, sur un ton qui se voulait badin :

— Chessie, je te préviens, si tu continues…

— Chut…, intima-t-elle avant de reprendre son exploration vers sa splendeur de mâle.

*
* *

Quand elle se réveilla le lendemain matin, Chessie flottait sur un petit nuage. Jamais elle n'avait éprouvé un tel bien-être ! Pendant un moment, elle resta allongée, les yeux fermés, se délectant de cette sensation merveilleuse. Puis elle tourna la tête pour voir si Miles dormait encore.

Mais la place à côté d'elle était vide. Miles était parti ! Et ses vêtements avaient disparu. Peut-être avait-il jugé qu'il serait plus confortable pour lui de dormir dans sa propre chambre. Ou qu'il était préférable que Jenny ne le trouve pas dans la chambre de sa sœur. Mais Chessie avait beau se raisonner, elle ne pouvait s'empêcher d'être cruellement déçue.

La veille, elle s'était endormie dans ses bras, délicieusement épuisée. Son dernier souvenir était celui de sa voix rauque lui murmurant des aveux passionnés à l'oreille. Alors pourquoi l'avait-il laissée seule ?

Cependant, c'était dimanche, se dit-elle pour se remonter le moral. Et rien ne l'empêcherait d'aller chez lui pour lui préparer le meilleur petit déjeuner de sa vie !

Elle s'étira voluptueusement, puis se leva et enfila son peignoir. Sa robe gisait toujours par terre. Un sourire ému aux lèvres, elle la suspendit à un cintre. Puis elle gagna la cuisine, brancha la bouilloire et mit du pain à griller.

Une minute plus tard, Jenny la rejoignit en bâillant. Les traits tirés, elle se laissa tomber sur une chaise. Toutefois, elle semblait moins abattue que la veille.

— Comment as-tu dormi ? demanda Chessie.

— Bien, mais j'ai fait d'horribles cauchemars. Malheureusement, je suppose que l'épisode du poste de police était bien réel ?

Chessie lui tapota l'épaule.

— Je crains que oui, ma chérie. C'était une expérience éprouvante, mais c'est terminé, à présent.

— Je me sens si stupide, déclara Jenny d'une voix tremblante. Je croyais que Zak tenait à moi. Mais tout ce qu'il voulait c'était que je l'aide à vendre ses saletés de cachets à mes amis.

— Le plus important, c'est que tu ne l'aies pas fait, dit Chessie en lui tendant un bol de café.

— C'est aussi ce que pense Miles.

Jenny regarda autour d'elle.

— A propos, où est-il ?

— Chez lui, je suppose.

S'efforçant de prendre un air dégagé, Chessie disposa des toasts sur une assiette.

— Pourquoi cette question ?

— Oh, pour rien, répondit Jenny en l'observant du coin de l'œil. Je ne l'ai pas entendu partir, hier soir, c'est tout.

« Moi non plus », songea tristement Chessie. A voix haute, elle déclara :

— Il veut que je continue à travailler pour lui encore quelque temps. Si bien que nous n'avons pas besoin de déménager pour l'instant.

— Voilà enfin une bonne nouvelle ! s'exclama Jenny.

Elle mordit dans son toast et mâchonna sa bouchée un moment d'un air songeur.

— Chess, dit-elle enfin, si Miles et toi vous décidez de vivre ensemble, j'en serai très heureuse. J'ai été vraiment odieuse avec lui, mais sache que je le regrette. J'ai appris à le voir autrement, et je l'apprécie, maintenant.

Chessie se mordit la lèvre.

— La question ne se pose pas en ces termes, ma chérie. Je ne reste pas pour un motif sentimental. Miles s'en va pendant quelque temps et il a besoin que je m'occupe de la maison jusqu'à son retour.

— Oh, c'est tout... ? murmura Jenny, visiblement déçue.

Malheureusement, oui, songea Chessie, le cœur serré.

Et si c'était le remords qui l'avait poussé à s'éclipser cette nuit ? se demanda-t-elle soudain. Le remords d'avoir trahi la femme qu'il aimait ?

Une heure plus tard, douchée et habillée, elle se rendit dans la maison. Elle s'attendait à trouver Miles dans son bureau, mais la pièce était vide. Elle monta à l'étage et frappa doucement à sa porte. N'obtenant pas de réponse, elle entra, s'apprêtant à le taquiner sur cette grasse matinée inhabituelle.

Mais le lit était vide. Et de toute évidence, personne n'y avait dormi. Faisant demi-tour, Chessie dévala l'escalier en l'appelant. Mais ses cris demeurèrent sans réponse.

Le cœur battant à tout rompre, elle s'efforça de surmonter la déception qui la gagnait. Il était probablement sorti se promener, se raisonna-t-elle. Après tout, la matinée était splendide.

Et en l'attendant, elle ferait aussi bien d'aller voir s'il ne lui avait pas laissé du travail.

Il y avait en effet une petite pile de feuilles sur sa table. Mais sa machine à écrire avait disparu, constata-t-elle avec effarement. C'était la première fois qu'il l'emportait depuis qu'elle travaillait pour lui ! Pour combien de temps était-il donc parti ?

Hébétée, elle s'empara des feuilles et les parcourut. Le scénario était terminé !

Tout à coup, elle vit une enveloppe, posée sur un coin de la table. Son nom y était inscrit. Seigneur ! Elle ne voulait surtout pas savoir ce qu'elle contenait ! Malheureusement, elle n'avait pas le choix... Prenant une profonde inspiration, elle l'ouvrit et en sortit une lettre.

Ma chère Chessie,

Mon scénario étant terminé, j'ai décidé de partir pour Londres plus tôt que prévu. Quand tu auras fini de le taper, envoie une copie papier et une disquette à Vinnie. Elle les attend.

Mes projets étant assez flous, j'ai laissé de l'argent dans ton bureau pour les dépenses courantes, ainsi qu'une procuration pour la banque.

Si tu le peux, pardonne-moi pour ce qui s'est passé la nuit dernière. Le souvenir de ce moment exceptionnel restera à jamais gravé en moi, mais je crois qu'il vaut mieux pour nous en rester là.

Miles

Chessie laissa échapper la lettre et tomba à genoux, le cœur transpercé par une douleur aiguë, insupportable. Bien sûr, elle s'y attendait, mais ça n'atténuait en rien l'intensité de sa souffrance...

— Disparaître comme ça sans rien dire à personne, quelle honte ! Enfin, ce n'est pas moi qui vais me plaindre. Bon débarras !

Chessie eut l'impression de recevoir une gifle.

— Comment osez-vous, madame Chubb ? s'indigna-t-elle. Vous n'avez pas le droit...

— Je croyais que ça vous ferait plaisir !

De toute évidence, Mme Chubb était offensée.

— Je n'aurais jamais imaginé que vous regretteriez lady Markham.

Chessie ouvrit de grands yeux.

— Lady Markham a disparu ?

— Je viens de vous le dire ! Mais vous ne semblez pas dans votre assiette, aujourd'hui. Vous êtes pâle comme un linge. N'auriez-vous pas attrapé un de ces maudits virus ?

— Non, je ne crois pas, répondit-elle en esquissant un pâle sourire. Personne ne sait où est allée lady Markham ?

— Apparemment non. D'après mon mari, sir Robert l'a bien pris. Quant à M. Alastair, il n'a pas réagi. Encore un qui doit être ravi d'en être débarrassé !

S'abstenant de tout commentaire à ce sujet, Chessie déclara :

— M. Hunter s'est absenté pour quelques jours. J'ai pensé que ce serait bien d'en profiter pour faire le ménage à fond dans son bureau. Je vous aiderai en rentrant de la poste. Je dois envoyer son scénario.

Quel soulagement de sortir de cette maison ! songea-t-elle en offrant son visage à la caresse du soleil. Elle avait passé la matinée à terminer de taper le scénario et à esquiver les questions de Jenny au sujet de l'absence de Miles.

Au moment où elle ressortait de la poste, elle entendit quelqu'un l'appeler.

C'était Mme Taylor.

— Quelle matinée splendide ! lança la garde-malade. Vous avez raison d'en profiter. Ça ne sert à rien de rester chez soi à se morfondre.

Curieux... Cette brave femme ne pouvait pourtant pas connaître son état d'esprit, se dit Chessie, interloquée. Elle était sur le point de demander des nouvelles de sir Robert, quand Mme Taylor déclara :

— Sir Robert est assez inquiet lui aussi, bien sûr. Savez-vous si la date a été fixée ?

Décidément, quelque chose lui échappait, songea Chessie, de plus en plus perplexe.

— Je suis désolée, mais… de quoi parlez-vous ?

Mme Taylor ouvrit de grands yeux.

— De l'intervention que doit subir M. Hunter, bien sûr ! J'ai cru comprendre que c'était pour très bientôt.

Chessie eut l'impression que le sol se dérobait sous ses pieds ; bientôt, tout se mit à tournoyer autour d'elle. Elle sentit qu'on l'asseyait sur les marches de la poste puis une voix ferme lui intima de poser la tête sur ses genoux.

Lorsqu'elle se sentit un peu mieux, Mme Taylor l'aida à se relever et l'entraîna dans le salon de thé le plus proche.

Tandis qu'elle buvait à contrecœur le thé trop sucré que la garde-malade avait commandé pour elle, celle-ci lui dit d'une voix douce :

— Vous n'étiez pas au courant, si je comprends bien.

— Non… non. Je sais seulement que c'est une opération très délicate. Oh, mon Dieu, pourquoi prend-il un tel risque ?

— Parce qu'il a une chance de retrouver une mobilité normale et que c'est devenu très important pour lui. Je suis sûre que vous comprenez pourquoi.

Oui, songea Chessie, au supplice. Sandie Wells. C'était pour elle qu'il avait finalement décidé de se faire opérer… C'était elle qui le lui avait imposé. Et si l'intervention échouait et le laissait impotent, elle le quitterait immédiatement. Comme elle l'avait déjà fait une première fois…

— Pourquoi ? murmura-t-elle. Pourquoi… après tout ce temps ?

— Parce qu'une nouvelle technique a été mise au point. Mon ancien patron à la Kensington Foundation l'a expérimentée l'année dernière et j'en ai parlé à M. Hunter lors d'une de ses visites. Il est allé à Londres consulter sir Philip et celui-ci a accepté de l'opérer.

Elle considéra Chessie d'un air étonné.

— J'étais persuadée qu'il en avait discuté avec vous avant de prendre sa décision.

— Non, répondit Chessie très calmement. Mais il va bien être obligé de m'écouter quand je l'aurai rejoint à Londres.

Elle prit une profonde inspiration.

— Parce que personne ne devrait l'obliger à subir une telle épreuve. Il mérite d'être aimé tel qu'il est.

« Comme je l'aime, moi... », compléta-t-elle en elle-même.

En chemin pour la Kensington Foundation, le mardi matin, elle fut très tentée de passer à l'appartement pour dire ses quatre vérités à Sandie Wells. Mais il était plus urgent d'aller à la clinique pour empêcher Miles de commettre cette folie. D'ailleurs, si Sandie Wells avait le moindre soupçon d'humanité, c'était au chevet de ce dernier qu'elle devait se trouver.

Ainsi, elle pourrait faire d'une pierre deux coups ! se dit-elle résolument.

La réceptionniste lui réserva un accueil glacial. Manifestement, elle veillait à ce que la tranquillité des patients soit respectée quoi qu'il advienne. Toutefois, elle finit par se laisser fléchir quand Chessie lui annonça qu'elle était la fiancée de Miles Hunter et qu'elle ne s'en irait pas avant de l'avoir vu.

— Sir Philip doit l'opérer dans la matinée, expliqua la jeune femme. Mais vous pouvez aller le voir cinq minutes, avant qu'on lui donne sa prémédication.

Une infirmière fut chargée d'accompagner Chessie jusqu'à la chambre de Miles. Allongé sur le lit, il lisait le journal.

— Une visite, monsieur Hunter ! annonça l'infirmière avec un grand sourire.

Puis elle referma la porte derrière elle, les laissant seuls.

Hypnotisée par le regard incrédule de Miles, Chessie était incapable d'articuler un son.

Finalement, il rompit le silence.

— Si tu m'as apporté des oranges, je te préviens que je n'ai pas le droit d'avaler quoi que ce soit.

Chessie promena son regard autour d'elle. La machine à écrire était posée sur une table, dans un coin de la pièce. Curieusement, sa présence avait quelque chose de réconfortant.

— Tu es seul ? demanda-t-elle avec irritation. Cette femme ne daigne même pas rester auprès de toi au moment où tu prends ce risque insensé pour elle ?

— De qui parles-tu ? Et que fais-tu ici ?

— Je parle de Sandie Wells, bien sûr ! Puisque c'est pour elle que tu as choisi de passer sur le billard au péril de ta vie.

— Vraiment ? Première nouvelle…

— Ne plaisante pas, s'il te plaît. C'est trop grave. Je sais que tu as renoué avec elle et qu'elle vit chez toi. Puisque tu l'aimes encore, je ne ferai rien pour te retenir. Mais je t'en supplie, ne te fais pas opérer. C'est trop dangereux. Steffie m'a expliqué quels étaient les risques. Dis au chirurgien que tu as changé d'avis. Il n'est pas trop tard. Et si elle t'aime vraiment, elle te prendra tel que tu es.

Il y eut un long silence, puis Miles déclara d'un ton posé :

— Je pense qu'il est temps de clarifier certains points. Tout d'abord, Sandie a effectivement habité chez moi, mais pas avec moi. Ensuite, nous ne sommes plus amoureux l'un de l'autre depuis bien longtemps. Son couple a traversé une crise parce que son mari la préférerait en femme au foyer alors qu'elle tient à faire carrière. Elle avait besoin d'un endroit où se poser, le temps de faire le point, alors je lui ai prêté l'appartement en souvenir du bon vieux temps. De mon côté, lors de mes brefs séjours à Londres, j'étais hébergé chez des amis. Et en fin de compte, son mari et elle sont parvenus à un compromis et ils ont décidé de donner une autre chance à leur mariage. Ils sont partis ce matin aux Bahamas pour une seconde lune de miel.

Il fit une pause.

— N'as-tu pas encore compris que c'est toi que j'aime, ma tendre et passionnée Francesca ? Je t'aime et je veux être pour toi un mari en pleine possession de ses moyens. C'est pour cette raison que je suis ici. Alors si tu m'aimes aussi, c'est le moment de me le dire.

Oh, Seigneur ! C'était trop beau ! Elle devait être en train de rêver ! Il l'aimait ? Il l'aimait vraiment ?

— Je t'aime…, balbutia-t-elle. Je t'aime tel que tu es et je te supplie de ne pas commettre cette énorme bêtise !

Il tapota le lit près de lui.

— Assieds-toi et écoute-moi, ma chérie. Avant de te connaître, j'avais tendance à m'apitoyer sur mon sort et je dois reconnaître que j'étais invivable. Mais quand je t'ai rencontrée, j'ai vu toute la tristesse du monde dans tes yeux et j'ai été pris d'une envie irrépressible de te protéger et de te donner tout l'amour que tu méritais. Si tu savais comme j'ai maudit cette fichue blessure ! J'avais tellement peur qu'elle dresse entre nous une barrière infranchissable…

Il lui prit les mains.

— Comprends-moi. Comme je te l'ai déjà dit, je veux pouvoir jouer au ballon avec nos enfants, te porter jusqu'à notre lit… et te faire l'amour toute la nuit. Pour cela, je suis prêt à tout.

150

Comme elle allait protester, il posa un doigt sur ses lèvres.

— Par ailleurs, sir Philip m'a affirmé que mes chances de guérison étaient bien plus élevées aujourd'hui qu'à l'époque de mon accident.

— Je vois bien que tu ne reviendras pas sur ta décision, déclara Chessie, le visage baigné de larmes. Alors écoute bien ceci, Miles Hunter. Quoi qu'il arrive, je serai ta femme, pour le meilleur et pour le pire. Et quoi que tu fasses, tu ne parviendras jamais à te débarrasser de moi.

Il la prit dans ses bras et la serra contre lui, la couvrant de baisers passionnés.

— Seras-tu là quand je me réveillerai ? demanda-t-il à mi-voix.

— Oui. Et demain. Et après-demain. Et tous les autres jours.

— Les clés de l'appartement sont dans le tiroir du placard.

Au moment où elle les prenait, la porte s'ouvrit et une infirmière entra.

— C'est l'heure de votre prémédication, monsieur Hunter, annonça-t-elle avant de se tourner vers Chessie en souriant. Vous allez devoir sortir, à présent.

Chessie mit les clés dans sa poche, puis embrassa Miles.

— J'attendrai, murmura-t-elle.

Puis elle sortit sans se retourner.

Elle resta pendant des heures dans la salle d'attente, en proie à une angoisse insurmontable. Plusieurs infirmières vinrent lui proposer du thé, du café ou des sandwichs, mais elle fut incapable d'avaler quoi que ce soit.

Chaque fois qu'elle entendait des pas dans le couloir, elle levait la tête, à la fois pleine d'espoir et d'appréhension. Enfin, la porte s'ouvrit et un homme grisonnant entra dans la pièce. Il portait encore sa blouse verte de chirurgien.

— Mademoiselle Lloyd, je suis Philip Jacks. Vous venez sans doute de vivre des heures difficiles, mais c'est terminé. Je suis heureux de vous annoncer que tout s'est bien passé et que M. Hunter va retrouver une vie tout à fait normale.

Dieu soit loué ! Chessie eut soudain l'impression d'être en état d'apesanteur. Quel soulagement ! Quel bonheur ! Elle sentit des larmes de joie ruisseler sur ses joues.

— Vous… vous me le certifiez ?

Le chirurgien leva la main droite en souriant.

— Parole d'honneur. Il est suffisamment jeune et vigoureux pour récupérer très rapidement. D'autant plus qu'il est extrêmement motivé…, ajouta-t-il d'un air entendu.

— Puis-je le voir ?

— Vous allez devoir patienter encore un peu. Mais je me ferai un plaisir de lui transmettre un message, si vous le souhaitez.

— D'accord. Dites-lui que je suis allée acheter un ballon de football.

Remue-ménage amoureux, par Jill Shalvis - n°14

Quand Cami avait décidé de refaire la décoration de sa maison, elle ne pensait pas qu'elle aurait tous les jours sous les yeux un séduisant entrepreneur, très habile dans l'art de la déstabiliser… Or Cami n'était pas prête à s'investir dans une vraie relation. Elle préférait de loin les rendez-vous arrangés par sa mère, qui ne l'engageaient à rien. Mais pourrait-t-elle résister longtemps au charme de Tanner ?

Liliana, princesse rebelle, par Carrie Alexander - n°15

Non, elle ne rêvait pas. Elle, la princesse Liliana de Spitzenberg, séjournait officiellement en Amérique pour l'inauguration d'un musée. Une aubaine pour elle, qui allait enfin pouvoir découvrir le monde et… l'amour ! Car depuis que Lili avait rencontré le regard doux et timide de Simon Treymane, une question ne cessait de la hanter : et si le jeune conservateur était l'homme de ses rêves ?

Chère lectrice,

Vous nous êtes fidèle depuis longtemps?
Vous venez de faire notre connaissance?

C'est pour votre plaisir que nous avons
imaginé un rendez-vous chaque mois
avec vos auteurs préférés, vos
AUTEURS VEDETTE dans les
collections Azur et Horizon.

Les AUTEURS VEDETTE vous
donneront rendez-vous pour de
nouveaux livres vedette.

Pour les reconnaître, cherchez
l'étoile... Elle vous guidera!

Éditions Harlequin

HARLEQUIN

LE FORUM DES LECTEURS ET LECTRICES

CHERS(ES) LECTEURS ET LECTRICES,

VOUS NOUS ETES FIDÈLES DEPUIS LONGTEMPS?

VOUS VENEZ DE FAIRE NOTRE CONNAISSANCE?

SI VOUS AVEZ DES COMMENTAIRES, DES CRITIQUES À
FORMULER, DES SUGGESTIONS À OFFRIR, N'HÉSITEZ
PAS... ÉCRIVEZ-NOUS À:
        LES ENTREPRISES HARLEQUIN LTÉE.
        498 RUE ODILE
        FABREVILLE, LAVAL, QUÉBEC.
        H7R 5X1

C'EST AVEC VOS PRÉCIEUX COMMENTAIRES QUE NOUS
ALLONS POUVOIR MIEUX VOUS SERVIR.

DE PLUS, SI VOUS DÉSIREZ RECEVOIR UNE OU
PLUSIEURS DE VOS SÉRIES HARLEQUIN PRÉFÉRÉE(S)
À VOTRE DOMICILE, NE TARDEZ PAS À CONTACTER LE
SERVICE D'ABONNEMENT; EN APPELANT AU
(514) 875-4444 (RÉGION DE MONTRÉAL) OU 1-800-667-4444
(EXTÉRIEUR DE MONTRÉAL) OU TÉLÉCOPIEUR
(514) 523-4444 OU COURRIER ELECTRONIQUE:
AQCOURRIER@ABONNEMENT.QC.CA OU EN ÉCRIVANT À:
        ABONNEMENT QUÉBEC
        525 RUE LOUIS-PASTEUR
        BOUCHERVILLE, QUÉBEC
        J4B 8E7

MERCI, À L'AVANCE, DE VOTRE COOPÉRATION.

BONNE LECTURE.

HARLEQUIN.

VOTRE PASSEPORT POUR LE MONDE DE L'AMOUR.

ROUGE PASSION

De fiévreuses histoires d'amour sensuelles!

De provocantes histoires d'amour passionnées et roman-tiques qu'on lit d'une seule traite. Aventureuses, parfois humoristiques, et sensuelles, elles mettent en vedette des hommes et des femmes d'aujourd'hui.

ROUGE PASSION... quatre nouveaux titres chaque mois.

<u>COLLECTION</u>
<u>HORIZON</u>

Des histoires d'amour romantiques qui
vous mènent au bout du monde!

Découvrez la passion et les vives
émotions qu'apportent à la Collection
Horizon des auteurs de renommée
internationale!

Captivantes, voire irrésistibles, ces
histoires d'amour vous iront
assurément droit au coeur.

Surveillez nos quatre nouveaux titres
chaque mois!

HARLEQUIN

En août, on vous tente avec un livre SUPER PASSION de la série Rouge Passion.

Les livres SUPER PASSION sont un peu plus sensuels et excitants, mais toujours l'amour triomphe des contraintes, de dilemmes et vient réchauffer votre coeur comme une caresse.

Une histoire SUPER PASSION chaque mois, disponible là où les romans Harlequin sont en vente !

RP-SUPER

Composé et édité
PAR LES ÉDITIONS HARLEQUIN
Achevé d'imprimer en juillet 2003

BUSSIÈRE

GROUPE CPI

à Saint-Amand-Montrond (Cher)
Dépôt légal : août 2003
N° d'imprimeur : 33666 — N° d'éditeur : 10036